황금나무 아래서
권혁웅 시집

문학세계사

□ 시인의 말

첫 시집을 낸다. 오래 원고를 갖고 있었으나, 욕심은 늘고 솜씨는 늘지 않아 마음 고생이 적지 않았다. 마음 아픈 것만으로 시가 된다면 꽤 두툼한 시집을 엮었을 것이다. 시간이 지나면서 써놓은 시 묶음은 자꾸 얇아지고, 휴지 묶음은 자꾸 두툼해졌다. 이러다간 시를 썼던 처음 마음까지 잃어버리는 것이 아닌가 싶어 서둘러 시집을 묶는다. 다 털고 새로 시작한다고 생각하니 마음이 제법 홀가분하다. 이제야 세상과 사람과 언어를 처음부터 다시 배울 준비가 되었다.

2001년 11월 권혁웅

1

3

4

□권혁웅의 시세계 | 유성호

1

파 문

오래 전 사람의 소식이 궁금하다면
어느 집 좁은 처마 아래서 비를 그어 보라, 파문
부재와 부재 사이에서 당신 발목 아래 피어나는
작은 동그라미를 바라보라
당신이 걸어온 동그란 행복 안에서
당신은 늘 오른쪽 아니면 왼쪽이 젖었을 것인데
그 사람은 당신과 늘 반대편 세상이 젖었을 것인데
이제 빗살이 당신과 그 사람 사이에
어떤 간격을 만들어 놓았는지 궁금하다면
어느 집 처마 아래 서보라
동그라미와 동그라미 사이에 촘촘히 꽂히는
저 부재에 주파수를 맞춰 보라
그러면 당신은 오래된 라디오처럼 잡음이 많은
그 사람의 목소리를 들을 수 있을 것이다, 파문

황금나무 아래서

황금나무를 본다
저 나무는 세계수, 하늘을 향해 직립한 채
부채 모양의 금빛 葉片들을 쏟아낸다
나무가 이곳에 뿌리내린 것은 아주 오래 전이다
저 금빛 환상이 없었다면
우리는 여전히 나무 위에 집을 짓는 족속이었을까

아까부터 젊은 연인들이 서로의 손을 잡고
제단에 앉아 있다 저 신성한 이들의 황금시대를
기록할 문자가 나에겐 없다
다만 나는 내 안에 기식하는 너무 많은 것들을
금빛 바람 위에 실어 보낼 뿐이다

내 몸을 온통 물들이는 황금나무를 보며
나도 몇 번의 제의를 거쳐온 듯하다
마르고 헐벗은 가지가 푸르고 노란빛으로
거듭 생을 치장하는 동안

내게도 두어 편 격절과 비약의 연대기가 있었다
이제 나무에 기대어 나는 내가 꾼 꿈들이
신화의 어느 먼, 지금은 잊혀진
하나의 家系였다고 생각하며

투둑둑 떨어지는 황금의 알들을 줍는다
저것들을 버리면 새들이 날개로 덮거나
마소가 피해가리라 진동하는 냄새는
새로운 탄생의 後景이었던 셈,
나도 언젠가 卵生의 꿈을 꿀 것이다

돼지가 우물에 빠진 날

그해 여름 정말 돼지가 우물에 빠졌다 멱을 따기 위해
우리에서 끌어낸 중돈이었다 어설프게 쳐낸 목에서 피
를 철철 흘리며 돼지는 우물에 뛰어들었다 우물 입구가
낮고 좁았으므로 돼지는 우아하게 몸을 날렸다 자진하
는 슬픔을 아는 돼지였다 사람들이 놀라서 칼을 든 채
달려들었으나 꼬리가 몸을 들어올릴 수는 없는 법이다
일렁이는 물살을 위로 하고 돼지는 천천히 가라앉았다

가을이 되어서도 우물 속에는 구름이 흐르고 하늘이
펼치고 파아란 바람이 불고 그리고 돼지가 있었다 사람
들은 물 속의 제 그림자를 들여다보고는 슬픈 얼굴로 혀
를 찼다 틀렸어, 저 퉁퉁 붇은 얼굴 좀 봐 겨울이 가기
전에 사람들은 결국 입구를 돌과 흙으로 덮었다 삼겹살
처럼 눈이 내리고 쌓이고 다시 내리면서 우물 있던 자리
는 창백한 낯빛을 띠어 갔다

칼들은 녹이 슬었고 식욕은 사라졌다 사람들은 어디
에 우물이 있었는지 기억할 수도 없었다 그러나 봄이 되

자 작고 노란 꽃들이 꿀꿀거리며 지천으로 피어났다 초
록의 床 위에서, 紙錢을 먹은 듯 꽃들이 웃었다 숨어 있
던 우물이 선지 같은 냇물을 흘려보내는, 정말 봄이었다

말

　달리는 말 위에서 헐벗은 채 신음하던 안소영은 어린 시절 내 트라우마였다…… 세상에, 어떻게 저렇게, 고개를 외로 꼬고 달릴 수가 있지? 나는 돌아온 외팔이를 보러 갔던 것인데…… 외팔이의 잘린 팔이 보여주는 단면도도 무서웠지만, 세상에, 안소영은 아무데서나 남자한테 깔렸다

　나는 깔린 안소영이나 되어, 아니 신음하는 안소영 밑에서 헉헉거리는 말이나 되어, 들판을 내지르는 상상을 했다…… 지금도 아니라는 말은 아니다 나는 주마간산하는 말의 들숨과 날숨 사이를 후다닥 지나치는 산들처럼…… 서 있던 강호의 스승들을 존경하거나 경멸했다

　외팔이는 성한 한 팔을 불에도 달구고 돌에도 찧었다 말발굽처럼 변해가는 손을 보며, 남의 원수 갚을 생각에 불타던 시절이었다…… 그때는 외팔이 이야기의 전반부가 사실주의이고 후반부가 낭만주의인 걸 몰랐다 내가 안소영처럼 깔릴지, 외팔이처럼 깔아댈지를 모른 채. 천

방지축 말처럼 들썩였을 뿐이다

나는, 말띠는 아니지만, 그렇게 오랜 길을 달려왔다
아마 오늘 저녁은 안소영이 조금 넓어진 제 몸을 거울에
비쳐보거나, 외팔이가 성한 두 팔로 밥을 먹을지도 모른
다…… 그들은 몸을 감추어 은자가 되었으나, 말은 말을
갈아타고서도 여전히 말일 뿐이다 세상에, 고수는 너무
나 많았다 남자도 여자도 그랬다

여우 이야기

골목길에서 그녀를 만났을 때 여우가 그녀 주변을 돌아다니고 있었다 나를 처음 알아본 것은 그녀가 아니라 여우였다 긴치마에 가방을 모아 쥔 손이 가지런했다 흰 발목과 꼬리가 어둠에 묻혀 보이지 않았다 내가 다가가자 여우의 눈빛이 반짝, 빛났다 여우가 나를 알아보았을 때 겨우 열다섯이었으므로 나는 그녀의 곁을 지나쳐 갔다 목덜미가 간지러웠다

삼 년 후에 다시 여우를 만났다 한성여자고등학교 하교길, 여우는 고갯마루에 앉아 있다가, 깔깔거리며 지나가는 학생들 틈에 끼어들었다 나는 몰래 여우를 따라갔다 골목을 돌아 한 대문 앞에서 꼬리를 놓쳤다 집에는 병든 노모와 아이들이 보채고 있었을지도 모른다 나는 겨우 열여덟이었으므로, 닫힌 문 앞에서 발길을 돌렸다

대학 때에 그녀를 만났다 그때 겨우 스물둘이었으므로 나는 그녀와 백년해로할 줄 알았다 하지만 내가 그녀에 대해 안 건 아홉에 하나였다 왜 열이 아니냐고 물어

볼 사람은 없겠지 그녀와의 보금자리는 늘 풍찬노숙이
었다 천 일을 하루 앞둔 어느 날 결국 그녀는 나를 버렸
다

그 후로도 자주 여우가 출몰했다 어떤 여우는 몇 년
동안 내 그림자를 밟다가 사라지기도 했고 어떤 여우는
내가 맛이 없다고도 했다 여우인 줄 알고 버렸던 그녀가
몇 년 후에 여봐란 듯이 아이를 낳기도 했다 그때마다
간이 아팠으나 며칠 후면 새살이 돋곤 했다

나는 아직도 겨우일 뿐이다 당신과 마찬가지로 나도
다음이 궁금하지만 미안하게도 내게는 뒷 이야기를 기
록할 여백이 없다 여우는 겨우 말하면, 달아난다 당신도
알다시피 여우 이야기는 늘 미완이다

서울시 신림동 산77 聖 金福禮의 하루

1

부엌 지붕 새로 스며든 빗물이 판자를 휘어놓았다 식
기들이 비스듬히 걸터앉아 아침 햇살에 이빠진 웃음을
웃는다 옹기종기 모여앉아 食口를 계산하는 그릇들도
이 집 식솔들이다

2

지나는 곳마다 고개턱이어서 길들도 한숨을 부려놓는
곳, 그 길을 091021-2023527 김복례 할머니가 오른다
마을의 수도꼭지들이 할머니를 따라 쇳물을 쿨럭거린다
소리의 音階를 밟으며 할머니 길을 오르신다

3

이곳에 시멘트 숲이 얼기설기 솟았을 때 김복례 할머
니가 왔다 고려 때도 고려장은 없었다는데 자식들은 끈
떨어진 구슬들처럼 흩어졌다, 아니 구슬이 끈을 놓아버
린 것이다 저녁마다 할머니는 방바닥에 대고 걸레 잡은
손을 휘휘 젓는다 아무도 못보게 손사래를 치는 것이다

4

　산 아래는 지금 영구 임대 아파트 공사가 한창이다 포
크레인은 술취한 애비를 닮았다 마구 家産을 부수어 놓
는다 레미콘이 임신한 여인네처럼 뒤뚱거리며 뒤를 따
라온다 흙발로 여기저기 쿵쾅거리며 뛰어다니는 트럭
들… 시끄러운 이웃이다

5

　바람만바람만 따라오던 가등의 행렬, 어깨 으쓱이며
돌아가고 건너편 산등성이 불빛들도 까무룩 조는 초여
름 저녁, 김복례 할머니 형광등 값을 아끼려 일찍 자리
에 든다 벌써 눕느냐고 칭얼대며 은초롱꽃들이 등을 켜
들고 슬레이트 처마 아래를 들여다본다

6

　야채나 생선차도 이곳엔 들르지 않는다 해서 이곳엔
기다림이 없다 그저 마른 방구들 풀썩이며 노는 먼지들
뿐이다 그 위로 햇살이 부서진다 하늘에 제일 가까운 곳

에 세워진 빛의 고딕 성당 서울시 신림동 산 77번지, 거
기에 김복례 할머니가 산다

올가미

　태릉에서 태릉까지 803번 버스는 길을 올가미처럼 말
아 쥐고 달린다 습관은 먼 곳과 먼 곳을 이어 붙인다 이
길은 지도가 아니라 약도다 땅이 오그라들었다 펴졌다
오그라들었다 펴졌다 한다

　태릉에서 태릉까지 버스는 노래하는 꽃마차다 어느
자리에서나 방위들은 꾸벅이고 청소년들은 수다를 떤다
이 길엔 커브가 많다 그건 803번의 트위스트다

　태릉에서 태릉까지 길에는 대학이 네 곳, 여대가 두
곳 있다 그들과 그녀들이 내리고 타고 내리고 타고 한다
왕복이란 버둥거리는 다리와 같다 버스는 뚱뚱하고 그
들과 그녀들은 날씬해서…… 차에서 내려 바퀴처럼, 잽
싸게, 흩어진다

　태릉을 출발한 버스는 석계를 지나면서 두 길로 갈린
다 이문 보문 돈암 미아 혹은 미아 돈암 보문 이문……
어느 쪽 길이든 태릉으로 돌아온다 태릉에는 능이 불룩
하고 버스 안에는 방위들, 학생들이 오글오글하다

교차로

교차로엔 있어야 할 건 다 있고
없을 건 없다네
커피 하우스 2층엔
담배 피우는 여고생들이 득실거리고
중고차들은 3면에서 떼지어 몰려오지
키득거리는 연기에 관해서는
여자애들도 고물차들도 할 말이 많다네
길이 인생이면 교차로는 사랑이라네,
여기선 다른 길을 만날 수 있지 보증금 없이
월세 20에 사랑을 나눌 수도 있지
매시 정각이 되면 웨딩홀에서 하객들이
모여들었다가 흩어지고
산부인과에선 빽빽거리며
아이들이 태어나네 여기 공장 있나요?
동남아 사람들이 서툰 발음으로 묻고 가네
공장이야 많지 여자애들 입에서는
굴뚝처럼 연기가 솟고
신생아들은 줄맞춰 눕혀지네

〈잘못된 만남〉에 맞춰, 사람들은 들들들,
신발과 츄리닝을 만들지
교차로엔 가로수들도 즐비하네
두툼한 종이뭉치처럼 한여름 그늘이 시원하지
초록 그늘을 골고루 나눠주기 위해
교차로의 신호등은 오늘도
천천히 회전하고 있다네

지 문

내가 모르는 일이 몇 가지 있으니
바위에 뱀 지나간 자리와 물 위에
배 지나간 자리와 하늘에 독수리가 지나간 자리
그리고 여자 위에 남자가 지나간 자리* 내가
도무지 알 수 없는 한 가지는,
사람을 사랑하게 되는 일**

도무지 모르지, 손가락마다
소용돌이를 감추어두고 사는 일
손잡을 때마다 타인의 격정에 휘말리는 일
내 삶의 알리바이가 여기에 없다고
생각할 때마다 개들은 짖고
먼지는 손에 묻고
버스는 떠나고
비행기는 하늘에 실금을 그으며 날아간다

나는 개를 먹고 개처럼 짖고
개털은 날리고 나를 따라

먼지는 이 방에서 저 방으로 옮겨다니고
내가 손을 흔들어도
버스는 떠나가고 비행기는 활주로에
길고 긴 타이어자국을 남긴다

누웠다 일어난 자리에 흩어진 머리카락,
여기에 내가 아니면
네가 누워 있었을 것이다

    * 잠언 30:19
    ** 양희은의 노래에 나오는 구절

하 마
―― 지하생활자

1

덥고 습한 여름이었다 벽지 위로 곰팡이가 슬금슬금
기어가는 중이었다 달력에서 오려낸 해변이 침식되어
가는 것이 보였다 반지하 방안에서 그는 밤에만 떠올라
왔다

벌린 그의 입은 무척 컸다 가끔 알아듣지 못할 소리가
그의 입에서 흘러나왔다

하마는 밤에 나와
나무 뿌리나 풀을 뜯어먹는다

2

나는 그의 집을 아침저녁으로 지나쳤다 반지하 방은
누설되기 위한 공간이었다 정방형으로 관찰되는 生, 그
는 짧고 굵은 다리와 둥그런 배를 가졌다 무엇이 그의
슬픔을 우스꽝스럽게 만들었는지 나는 모른다

어쩌면 그가 재단했던 프레스機가 그를 재단했을 것

이다

　河馬를 말이라 부르는 것은 물론,
　날렵해서가 아니다

　　　　3
　어느 날 그가 사라졌다 얼마 안 되는 세간이 그를 따
라 가출하자 그 방은 텅 비었다 벽에 몇 개의 손가락을
걸어두고 갔다고도 했고 내가 지나치면 황급히 쉼표를
찍곤 하던, 불법이었던 南國의 文章을 그가 마저 읽었
다고도 했다
　소문은 금세 옆집으로 건너간다 그게 미안했다 아무
도 아무것도 아닌 이 교체,

　방구석에 놓여 있던 하마는 물을 잔뜩 먹어 뚱뚱했다
　갈아주어야 할 시간이었다

봄은 고양이로다

1

봄날의 나무는 누구에게나 혀를 내미네 아랫도리를
가렸던 거적 치마를 벗어버리네 나무들이 그려내는 연
초록 春畵 어딘가에 一枝春心을 걸어놓고 싶네

담벼락 사이엔 뱀풀이 만들어 놓은 길이 있지
그 길은 폐허로 가는, 무성한 길이네
블록담은 나무쪽으로 한껏 몸을 기울여
나무를 떠받치고 있네

2

골목 어귀의 대흥 복덕방, 노인들이 편을 나누어 楚漢
志를 벌였네 텅텅거리는 소리 요란하네 어떤 이는 싸우
다 지쳐 평상 위에 누웠네 봄 풍광이 펼쳐 놓은 빗살 무
늬 아래서 졸고 있네

정오의 그늘이 몸을 바꿀 때
그들도 봄 햇살 아래 꾸벅꾸벅

풀려날 것이네

　　3
　아스팔트 위 타이어가 그어놓은 일탈의 끝에서 바람
에 날리는 고양이털을 보았네 햇살의 이편과 저편이 솜
털 속에서 섞이네 압착된 육신을 벗어버린 껍질이 자유
롭네

아이들이 분필로 그린 엄마 아빠는
호박만한 머리통에 가느다란 팔과 다리,
누구나 노인이네 그애들이 끌고 간
긴 줄의 끝에서
거짓말처럼 金氏喪家 ⇒ 50m를
만나기도 하네

흰 뱀을 찾아서

이층에서 본 거리, 블라인드가 잘게 토막낸
길 위에 무수한 흰 뱀이 지나간다
화들짝 웃으며 지나가는 젊은 여자애들,
가슴을 열거나 엉덩이에 스미는
봄날 뱀들의 행렬
신김치를 한 점 베어문 듯
나는 입맛을 다신다 어떤 定義로도
내 저작하는 힘으로도
대지에서 스며나와 딸들에게로 들어가는
저 틈입을 막을 수는 없다
살아갈수록 불어나는 허물이 내게 있으나
지금은 지나온 길에
희고 긴 흔적을 늘어놓는 뱀들의 시절이다
꼬리에 꼬리를 물고 다시 그 꼬리에
꼬리를 문 채 세상 건너에서 돌아온
뱀들의 반짝임을 본다
흰 뱀이 여자애들을 통과해갈 때마다
아이들은 화들짝 웃어대고

그 웃음에
먼데 산이 방그랗게 부풀어오른다,
오르는 것 같다

강박에 사로잡힌 시계

시계불알이 다녀갔다고 쓴다 무언가 저지른 느낌이라고 쓴다 주워담고 싶다고 아니 어쨌든 저지르고 싶다고 거듭 쓰고 지우다 찢어진 백지 같다고 쓴다 나는 백지를 구겨 버린다

이 방은 백지와 내통하고 있는 게 분명해, 나는 구겨진 백지 같은 얼굴을 천천히 편다 그 방도 구겨졌는지는 묻지 말기 바란다 차라리 어떻게 방이 구겨질 수 있는가를 물어야 한다

대답 대신 나는 얼굴을 펴서 지는 해를 받는다 노을을 받은 서쪽 창이 화끈하다 세상은 어두워지기 전에 낮부터 붉혔다 곧 이 방은 묵지가 될 것이다

시계불알이 다녀왔다고 쓴다 강박은 균형감각이다 무언가 주워담고 싶다고 쓴다 아니 저지르고 싶다고 쓴다 해는 동쪽 창에서 뜰 것이다 어디선가 새가, 천천히, 울었다

2

나무에 기대는 법

그대여, 다정도 병인 양 하다면
다정큼나무에 기댈 일이다
바람의 律이란 다정큼나무 잎새의
흔들림에서나 짐작되는 거,
바람은 갈지자걸음으로
어긋나게 돋아난 잎새를 빠져나간다
風의 마지막 획을 좇아
잎새는 허공을 향해 손을 뻗친다
그대여, 다정에 오래 앓았다면
바람 지나간 다정큼나무에 기댈 일이다
바람의 기억이란 가느다란 햇살에도
쉽게 빈틈을 내주는
다정큼나무의 몸피 같은 거,
햇빛은 아주 좁은 통로를 비집고서도
다 내게로 온다
귀를 쫑긋거리는 잎새들,

내 家系에 관해서는 내게
맡길 일이다

소리 없이 우는 법

그는 젖꽃판 사이에 얼굴을 묻고 운다
그는 보이지 않지만
가늘게 떨리는 분꽃의 잎은
그가 얼굴을 묻은 탓일 게다
천천히 부풀어오르는 젖꽃판,
바람이 울음소리를
부지런히 옆방으로 옮겨 나른다
귀를 쫑긋거리는 꽃들,
지금, 이 꽃의 바깥쪽과 안쪽을 지탱하는 것은
얇은 꽃잎이다
꽃의 이편과 저편을
진홍과 초록으로 나누는 울음,
바람이 꽃잎을 끊어낼 때마다
그는 소리 없이 붉은 눈물을 떨군다
분꽃의 가느다란 꽃대는 그의 슬픔이
쉽게 분질러질 수 있다는 뜻이지만,
이 盛夏의 울음을
돌이킬 수는 없을 것이다, 물길은 늘

저 아래에서 시작하여
그의 울음 속으로 천천히 흘러든다
천천히 부풀어오르는 젖꽃판,
잔뜩 물이 오른, 아으 지금은
한여름이다

소리 없이 웃는 법

당신에게서 참 좋은 냄새가 나
빵 굽는 마을에서는 빵을 굽고
모카에서는 커피를 볶지
아카시아 그늘도 하얗게 엉켜 있어
당신은 웃고 있군
당신의 잇바디가 가지런하진 않아
봄날 줄맞추며 소란 떠는
은혜 유치원생들 같아
들쭉날쭉한 웃음이군
이런 날엔 화단에 나와 앉은 노인들
이마의 주름도 악보로 보여
펜을 들고 나서고 싶네
당신은 식빵 하나와 크림빵 둘 그리고
방금 갈아 봉지에 담은
커피를 들고 있군
어제 구운 빵은 덤으로 받았군
당신에게서 나온 좋은 냄새가
문 앞까지 총총히 당신을 따라왔군

당신이 들어가고
당신의 아이와 당신의
남자가 들어가고
당신은 문을 닫을 테지
빵 굽는 마을에서는 빵을 굽고
모카에서는 커피를 내오지
아카시아가 당신 있는 거기서 이곳까지
그늘을 늘이고 있어
여전히, 당신은 웃고 있군

건너편에 있는 것

거실 창을 순식간에 횡단하는 차들, 이젠 놓쳐버리고
싶다
  욕망, Drive라는 것——모두 제 갈 길로 갈 것이다
  지나간 것들 뒤에서 손을 흔들거나
  들숨과 날숨만으로 들음들음 견디고 싶은 때가 있었다
  말하자면 그때 나는 트롯의 운명으로 살았다

  파랑새 노래하는 청포도 넝쿨 아래서 포도나 따먹으며
  살고 싶었다 너는 고단한 몸으로 나를 찾아오지 않았다
  햇빛은 거실에 조금 더 들어오거나 조금 덜 들어왔다
  내 안이 조금 더 환해지거나 조금 더 어두워졌다 욕망,
내 방안을 들여다본다는 것

  102번째 大林城으로 귀가하는 너
  너의 눈과 입, 두 개의 불 켜진 방과 들어갈 수 없는 入
口
  나는 창에 붙어 네 얼굴에 얼굴을 부빈다 나를 의식할
때마다

너는 늘 어둡다, 네 안에 수풀이 울창하다고
　그곳에 어둠이 엉겨붙어 있다고 나는 쓰지 못했다 욕
망, K는 성 안에 들어가지 못했다

　오늘 나는 늦은 산책의 끝에서 우동을 사먹고
　두 편의 비디오를 빌렸다 나나 당신이나 건너편에서
보면
　어지간히 멍청하다, 번호판을 들고 사진기 앞에 선 囚
人처럼
　나는 무심한 표정으로 너를, 어떤 사건을, 예약된 시
간을 지켜보았다 욕망,
　성의 안팎을 오가며 네가 나 없이도 늙어간다는 것

　나는 105번째 大林城에서
　네가 누울만한 곳 아래 몸을 눕힌다
　너무 먼 이쪽을 나는 느낀다

기차는 여덟시에 떠나네

기차는 여덟시에 떠나네
당신은 다섯시에서 여덟시까지
안개를 지켜보았지*
물을 한 모금 마시고 강물을 내려다본 것뿐인데
컵 속의 물이 얇게 얼어 있었지
철로는 어느 線이든 조금씩 더러웠네
11월은 당신의 기억 속에 영원할 것이네*
기차는 여덟시에 떠나네
먼데서 얼크러진 길들이 천천히 다가왔으나
어느 길이든 상관은 없었네
철로는 어느 線이든 조금씩 더러웠네
당신은 다섯시에서 여덟시까지
안개를 지켜보았지
이제 당신은 종이컵을 구기고
신문지를 접어드네
11월은 당신의 기억 속에 영원할 것이네
기차는 여덟시에 떠나네
일곱시 사십분이거나, 여덟시 이십분이었어도

상관은 없었네,
단지 조금 이르거나 늦은 개찰일 뿐
기차는 여덟시에 떠나네
11월은 당신의 기억 속에 영원할 것이네
아무도 그걸 기억하지 않겠지만
당신이 이곳에 있었다는 것도
안개가 다섯시에서 여덟시까지
당신을 지키고 있었다는 것도

    * 그리스 민요 「기차는 여덟시에 떠나네」에서.

우울한 일요일

일요일은 우울하네*
아침부터 바람이 301棟 쪽에서 불어와
303棟 쪽으로 몰려가네
정오에는 알타리무, 배추, 당근, 양파가
오후에는 오징어, 갈치, 고등어가
공터에서 피어나거나 공터를
헤엄쳐 다녔네
일요일은 우울하네
작고 흰 꽃들은 발아래 있네
작고 흰 꽃들은 당신을 결코
깨우지 못할 거야*
화단에서 아이들이 꽃모가지를 부러뜨리며
놀고 있네
일요일은 우울하네
커피 두 잔이 목구멍을 흘러가고
담배 한 갑이 목구멍에서
흘러나왔네
연기가 만드는 공터,
니코틴 같은 그늘이 만들어내는

공중정원,
당신과 함께 살던
제일 가까운 그늘이 무수하네*
미끄럼틀을 타는 그늘,
그네 위에서 흔들리는 그늘,
자목련 꽃잎 아래
손뼉만한 그늘을
301棟 북쪽 벽면이 만드는
거대한 그늘이 삼키고 있네
작고 흰 꽃들은 발아래 있네
작고 흰 꽃들은
당신을 결코 깨우지 못할 거야
아이들은 밥 먹으러 가고
채소는 피었다 지고
물고기들 놀다간 자리에
저녁이 카펫처럼 내려앉네
푹신하고 두터운
일요일은 우울하네

    * 노래 「Gloomy Sunday」에서.

왕십리

새로 두시에 산등성이를 건너온 비는
내 방 창을 두드린다 창문에
조팝나무 잎이 붙어 있다 먼데 있는 것들이
문득 소식을 전하는 거다
지나쳐온 것들이 紫金城이나 땡삐치틴처럼
문 앞까지 다가와 다닥다닥,
붙어 있을 때 그걸 흔적 없이 긁어낼 수 있나?
웃기고 있네, 나는 요금별납처럼 살았어
내 자리 어디선가 조금씩 내가 빠져나간 거지
세시가 되니 비는 더 심해져서
파도치는 소리를 낸다 창문을 여니
먼데 불빛이 어렵게 깜박인다
누군가 구조신호를 보내는 거지
구름 뒤에 둥글게 빛나는 달이 있듯이
저곳 어디에 왕십리가 있을 것이다
나는 外道가 지나쳤다, 라고 목월은 말했지만
아니다, 나는 처음부터 저 길 너머에 있었다
새로 세시에서 네시로 지나가는 저 비처럼

나는 세상을 건너갈 수 없었다
왕십리, 십리가 멀다 하고 찾아가던 곳
하지만 늘 십리는 더 가야 하던 곳
내게도 밤을 디디고 가야 할 곳이 있다
물론 왕십리에 가기 전에, 왕십리도 못 가서
나는 發病이 날지도 모르지만

집으로 가는 길

우리 집은 골목과 골목, 다시 골목과
골목을 지나쳐야 해 머리와 목을 늘어뜨리고
천천히 걸어야 해
구불구불 늘어선 담장들을 걷다 보면
거대한 짐승의 내장을 지나치는 느낌이야
내가 소화되고 있다는 거
하루하루가 녹아서
내 뒤에 젖은 발자국을 만들고 있다는 거
집으로 가는 길은 누구에게나
內面이야 헐어버린 위벽을 훑어간 듯
담모퉁이에는 범퍼가 긁은 자국이 있어
나는 이탈리앙 베이커리에서 식빵,
방학 약국에서 겔포스, 버드나무 슈퍼에서
디스 플러스를 사가는 중이야
이미 골목과 골목에 관해서는 말했군
머리와 목을 늘어뜨리고 천천히
걷는 것에 관해 이야기했군
골목과 골목은 길이 아니야 그건

집들이 비워놓은 울짱 바깥이야
내 안의 구멍으로 식빵과 겔포스,
담배 연기가 천천히 흘러가듯
나는 다시 골목과 골목을 지나치고 있어
저기가 내 집이야 나는 문을 닫고
양변기처럼 구부려 잠들 거야

산과 마을

처음 나는 창신동에 살았다 방과 방 사이가 길이었는
데, 그 길은 산정까지 이어져 있었다 골목에 리어카가
들어오지 못해서 식구들은 묵묵히 땀을 흘리며 세간을
날랐다 장롱 곁에 할머니, 할머니 곁에 어머니, 어머니
곁에 아버지, 아버지 곁에 누나들, 누나들 곁에 형, 형
곁에 나, 내 곁에 옷장…… 지루한 순열이었다 장독대에
오르면 시내가 한눈에 내려다보였다 물론 거기선 내가
보이지 않았을 것이다

삼선동 역시 그랬다 山勢를 따라 길을 낸 곳이었다 자
연과 인위가 한데 어울렸다 시멘트로 지은 골목길 계단
은 넓이와 높이와 굴곡이 각각이었다 밤마다 발길을 채
가는 허공을 피해야 했다 발끝에 마음을 걸어, 두근두근
다녔다 자주 고양이가 죽고 집비둘기가 사라졌다 언젠
가는 축대가 무너진 적도 있다 집 앞에 몇 번인가 조등
이 걸렸다 삼선동은 세 仙女가 내려온 곳이다 당연히,
승천하기에도 좋은 곳이었다

그 다음에는 장위동에서 3년, 방학동에서 3년을 살았
다 장위동의 이편은 양지고 저편은 음지다 집들이 옹기
종기 모여 앉아, 좁은 안마당까지 햇빛을 받으려 애를
썼다 수건과 속옷이 옥상에 걸렸다 버스가 커브를 틀기
위해 가게 앞에 내놓은 평상을 부수기도 했다 수건과 속
옷이, 사과와 수박이 한데 뒹굴었다 방학동은 산자락이
마을을 끌어안은 곳이다 내가 방학에 살았노라고 말하
면 사람들은 멍청하게 묻곤 했다 늘 방학이니 좋겠어
요? 가끔 등산복 차림에 약수통을 든 사람들을 만나곤
했지만 나는 한 번도 인사하지 않았다 그들에게 등산이
내겐 하산이었으니까…… 나는 속세에 나가, 道 닦기 싫
었다

지금 나는 쌍문동에 산다 쌍문의 마을 역시 산을 닮았
다 아니, 집들 모아 태산이라고 해야 한다 이곳은 아파
트 천지다 내 집 위엔 다섯 채의 집이 있고 아래엔 아홉
채의 집이 있다 집에 가기 위해서는 수직의 골목을 통과
해야 한다 모든 집이 도량이다 계단은 108개가 넘는다

이곳의 道 역시 산정까지 이어져 있다 사람들은 고르게
심은 나무들 같다 같은 자세로, 나란히 눕고 나란히 일
어난다 사람이 모여 산을 이룬다는 것을, 聖俗이 하나
임을 여기서도 알겠다

두 개의 문
——『山海經』풍으로

쌍문은 늘 그곳에 있으나
雙門이 늘 거기에 있는 것은 아니다

牛耳山에서 발원하는 첫번째 강이 쌍문의 북쪽 경계
를 이루고 두번째 강이 쌍문의 남쪽 경계를 이룬다 두
강은 中浪으로 흘러가는데 그 강에는 아가미가 넷이거
나 등뼈가 휜 물고기들이 떼를 지어 산다 그 너머가 마
들평야다 무릇 세상은 잠시 거쳐가는 곳이니 성원, 삼
성, 주공, 건영 따위 이름을 가진 난민들의 합숙소가 갈
대처럼 새하얗게 들판을 덮었다 牛耳山이 눈을 꿈벅이
면서 그곳의 삶을 늘상 지켜보고 있다

쌍문의 북쪽은 放鶴이다

방학에서는 네 갈래 길이 모인다 쌍문에 들어오기 위
해 산지사방에서 모여든 자들이 이곳에서 방학교란 이
름의 다리를 건너기 위해 늘상 북적댄다 그러나 자동차
학원이 근처에 있어서 처음 세상에 걸음을 뗀 이들이 비

틀거리며 이곳을 기어다닌다 이 다리는 강변을 따라 다
닥다닥 붙은 집들을 거느리고 있다 여름에도 사람들은
악취를 막기 위해 늘 창문을 닫아놓고 산다 머리를 풀어
헤친 버드나무가 밤낮을 울어, 이곳이 쌍문의 들머리임
을 알린다

쌍문의 남쪽은 무너미다

무너미엔 여관과 모텔이 그곳에 사는 사람 숫자보다
도 많다 그건 쌍문에 이르기가 얼마나 지난한지를 보여
주는 징표다 그곳에서 마음이 괴로운 자들은 마음을, 몸
이 괴로운 자들은 몸을 주어버려야 한다 쌍문에 출입하
는 이들을 검문하기 위해 왼쪽에 구청이, 오른쪽에 경찰
서가 있다 무너미 쪽에서 쌍문으로 가려면 우이교란 이
름의 다리를 통과해야 한다 다리 아래에는 검고 걸쭉한
강물이 천천히 흐른다 이곳을 지나기 위해서는 시간을
지불해야 한다 망각의 강을 건네주는 사공은 따로 없다
한밤이면 세월을 잃어버린 자들이 칼빈 소총을 어깨에

메고 이쪽 강변을 어슬렁거리며 오지 않는 배를 기다릴
뿐이다

   쌍문과 세상을 잇는 이 두 다리는
   일종의 교리다

   이곳의 주민들은 날마다 한 삶에서 다른 삶으로 혹은
한 죽음에서 다른 죽음으로 건너가야 한다 쌍문대로를
사이에 두고 쌍문의 서쪽에는 75동의 건물이 있고 동쪽
에는 69동의 건물이 있다 건물들은 지금도 끊임없이 자
라고 있다 간혹 쌍문의 길은 지하에서 솟아오르기도 한
다 무너미에서 몸과 마음을 다 준 채 지하를 전전하던
이들이 1번, 2번, 3번, 4번 차례로 쏟아져 나와 쌍문의
저잣거리에 흔적도 없이 흩어진다

   雙門이 모습을 드러내는 것은
   하루에 한 번뿐이다

　마들에서 뜨는 해는 쌍문의 서쪽을 비추고, 牛耳山으로 지는 해는 쌍문의 동쪽을 비춘다 그러니까 정오에 쌍문의 한복판에는 그림자가 없다 태양은 정상에 올랐을 때 단 한 번, 쌍문을 수직으로 가른다 雙門을 이루는 건물들이 지금도 자라는 것은 이 한 번의 제의를 통해 出世間의 꿈을 이루기 위해서다 그렇게 쌍문이 태양에 몸을 열 때, 쌍문의 모든 건물들로 빛의 입구를 만들 때,

　雙門은 비로소 남북으로 이어진
　거대한 그림자를 지상에 늘인다

빛의 제국 1

거리는 어둡고 한산했으나
이상하게도 하늘은 푸르고 환했다
너는 너무 눅눅하군 마지막 음절을
그는 또박또박 짚어나갔다
아무래도 너무 오래 서 있었던 모양이야
그가 말할 때마다 갓 말린 담배 냄새가 났다
鬼面처럼 그의 얼굴이 붉게 빛나곤 했다
그가 잠깐씩 타들어갈 때에도
거리는 어둡고 한산했으며
먼데서 가로등이 줄맞춰 피어나기 시작했다
너는 너무 젖었군 안개가
속살까지 스며들었으므로
깃을 올려주는 그의 손을 잡을 수 없었다
그의 입에서 내게로
어둡고 깊은 통로가 패어나왔다
그가 만지고 싶어졌으나, 그랬다면
내 손을 쥐어짜야 했을 것이다
거리는 어둡고 한산했다

안개가 그의 주변을 감싸고 있었으므로
그가 어디에 있는지 짐작하기 어려웠다

　　* 「빛의 제국」: 르네 마그리뜨의 그림 제목. 대낮의 하늘 아래
펼쳐진 심야의 거리, 그건 욕망이거나 세기말의 은유가 아니었
을까? 이 연작에는 통틀어 한 사람이 등장한다. 그는 텅 빈 이 제
국의 主人이다. 거리에는 아무도 없다. 불켜진 창문 안에 숨죽인
욕망들, 혹은 억눌린 죽음들. 그는 이 닫힌 단자들 사이를 다만
고요히 지나간다. 마그리뜨는 이 연작을 완성하지 못하고 1967
년에 죽었다. 그것과 무관한 일이지만, 그 해에 내가 태어났다.

빛의 제국 2

제 몸보다 큰 거울을 얹은 채
자전거가 거리를 지나가고 있었다
길의 저 편에서 이 편까지
빛의 통로가, 순식간에, 뚫려 나왔다
이 빛에 몸을 비추고 싶은가? 그가 물었다
다른 곳의 주민이고 싶은가?
그의 목소리는 낮고 고요했으나
거리는 더 적막했다
규칙적인 페달 밟는 소리가
어떤 절정을 암시하고 있었으므로
나는 내려가는 길을 걱정했다
은빛 바퀴가 어지러웠다
편안하지 않았으므로 나는 未安했고
미안했으므로 나는 미동도 하지 않았다
움직이는 것만이 뜻을 만들지
너 또한 풍경에 지나지 않는군
지나가는 그에게 나는
여전히 불 꺼진 창문인 모양이다

그에게는 四方 집들이 한결 같다
나는 중얼거렸다
다만 길의 이 편에서 저 편까지
은빛 바퀴 위에서 그가
세상을 다른 곳으로 실어가고 있을 뿐이었다

빛의 제국 3

흐릿하게 피어난 가로등 위로
한 떼의 구름들이 흘러가고 있었다
흰 망토를 걸치고 입을 굳게 다문 채
그들은 적막한 거리 위를 지나쳐 갔다
팔도 다리도 표정도 보이지 않는 그들에게
나는 무엇을 말해야 했을까?
선택받지 못한 자들이 남는 법이지,
여전히 너는 닫힌 문이로군
그가 캄캄하게 문 두드리는 소리로 말했다
하지만 그는 밖에 있기 때문에
이 거리의 主人인 거야 나는 빗장을 지르듯
입을 다문 채 중얼거렸다
내가 문이 아니라 벽이어서
그가 기댈 수 있는 거야
입을 다문 구름들이 흘러가고 있었다
그들이 지나가자 건물들이
조금씩 무너지는 것 같았다 그렇게
그가 내 어깨에 얼굴을 묻었다
그늘 위로 또 다른 그늘이
부드럽게 패어 왔다

사소한 기록 1

풍경 속에 눕고 싶다, 가령 배꼽티를 입고 지나가는
저 여자의 중심에 거리의 소실점이 모여들 때
그 안에 들어가 함께 지워져 버리고 싶다
내가 이 거리에서 읽어낸 건 몇 장의 삽화,
몇 줄의 기록이었다 무엇이 근사하겠는가,
원본이 따로이 없으니
나는 내 삶에도 밑줄을 긋지 않은*
엉성하고 게으른 독자였다 팔짱 낀 남녀가
통독하듯 빠르게 보도를 걸어 골목 끝으로 사라진다
저들은 다른 책을 펼칠 거야, 나는 근시의 풍경
저 너머를 건너다본다 내가 모르는 것들,
예컨대 목격자를 찾습니다 흰색 소나타와 오토바이,
아르바이트生 구함, 용모 단정, 女, 19세 이하는
내 노트에 기록될 수 없을 것이다 원본이 따로이 없으
니
내가 최선을 다했던 건 담배를 버리기 전에
휴지통을 둘러본 일이었다
모퉁이의 나무는 지금도 잎을 떨구며 저리 난감하다

나무는 풍경이다 나는 생각해 본 적이 있다,
나 또한 저 풍경과 하나가 된다면
그래서 내 얼굴이 저 나무나 보도블럭에서 읽혀진다
면
잠시 지나치던 네가 쳐다볼 수도 있으리라 사소하게
물론 사소하게

    * 파스테르나크, 『어느 시인의 죽음』

사소한 기록 2

지나간 것들이
등뒤의 책에 적혀 있다

저녁은 제법 두텁다 모래의 도시를 간신히 지나간 사
람들에 관해 말하려 한다 그들은 몇 개의 문단에 출현했
으며, 지금은 저녁의 여백 속에 몸을 감추었다 그들은
이 거리를 횡단했을 뿐, 이 도시의 서사가 아니다 나는
그들의 모습을 속기로 적었으나 모래는 자주 자리를 바
꾸었다 모래의 책은 펼치는 곳마다 다른 골목이었으므
로 등뒤의 노트엔 말할 수 없는 것들의 목록이 늘어갔다
저녁은 제법 두텁다 나는 긴 서술어와 서술어를 건너 여
기에 왔다 간혹 만나는 입간판 앞에서 이 거리의 休止
와 終止에 관해 생각한 적이 있었으나…… 등뒤의 책에
나는 배가 고팠다, 고 적었다 늦은 국밥을 마주하고 앉
아 밥알처럼 떠오르는 불빛을 내 안으로 떠넘기고 싶었
다 모래 씹은 표정이라는 말이 있지 그들이 돌아온다 해
도 이제 그들을 알아볼 수는 없을 것이다 먼지의 책은
펼치는 곳마다 다른 골목이었다 이 지루한 문장이 내게

서 나와, 간신히, 그들에게로 건너갈 뿐,

골목길에 접어들어 나는 등뒤의 책을 닫고
사소한 저녁이 문득 캄캄해지는 것을 본다

　　* 『모래의 책』: 보르헤스의 소설 제목

사소한 기록 3

지나가는 관광버스 안에서
죽어라 몸 흔드는 아줌마들을 본다
뽕짝이 성가로 들린다
나도 그렇게, 둥실둥실
국진과 단풍 속으로 떠나가고 싶다

3

권 태
—— 그와 함께 하는 오후 두시 1

당신은 나무처럼 두 손을 듭니다 몰래 보았더니
당신의 반소매 안이 무슨 여린 순 같았습니다 봄인데
요, 당신도 나처럼 무엇인가를 키우고 있었던 거죠

당신이 입을 벌렸을 때, 당신 주변에 모여드는
무수한 골목길들이 있었습니다 이곳저곳을 기웃거렸
으나 내 이름을 내건 집은 없었어요 아, 당신은 곧 입구
를 닫는군요

당신의 좁은 눈에서 맑은 물이 흘러나옵니다
졸졸거리는 그 샘에 손을 넣고 싶습니다 당신은 잔잔
히 번질 테지만 뭐, 나 때문에 흔들리는 건 아니겠지요

지금 당신이 내게 무언가 속엣말을 하는 듯해서
얼른 귀를 갖다 댔으나 이런, 도무지 알아들을 수가
없군요 오후의 공기가 당신을 중심으로 흔들리다가, 이
내 제자리를 찾았습니다

분침이 몸을 움찔하던 그 순간,
우리는 그렇게 한 오백 년쯤 앉아 있었습니다

봄날의 피크닉
—— 그와 함께 하는 오후 두시 2

나무 그늘이 그의 상반신을 잘라갔습니다
우리는 그늘 아래서 고기를 구워 먹고 있었는데요
고기 굽는 냄새에도 풍경은 쉽게 일그러지며
지평 끝까지 흔들리더군요 꼬리치는 풍경들한테
자 먹어 봐, 아 하고 입을 벌려 봐…… 고기 한 점
입에 넣으며 소주를 마시며 시끄럽게 떠들었지요
풍경이 먹어치운 건 바로 그이였는데요

그가 타고 온 자전거가 나무에 기대 있었는데요
허기가 진 듯 제대로 서지를 못합디다
고기 굽는 냄새가 나무 아래를 맴돌았으니
저 자전거 얼마나 힘들었을까요?
그가 타고 갈 길들이 비실비실 풍경 속으로
먼저 사라져 갔습니다

은박으로 만든 돗자리 얘기도 해야겠군요
우리가 타고 앉은 돗자리는 반짝반짝 윤이 났어요

소주 덕택에 우리가 눌러 둥글게 만든 자리는
점점 가까워졌는데요 그이가 머리를 기대오고
고기국물은 엎질러지고 술은 흘렀어도
뭐 돗자리가 할 말 있었겠어요?
그냥 반듯하다가, 구겨졌다가, 접혀지면 그만이죠

이제 가위로 오린 듯, 그의 자리만
잘려 나갔는데 그래도 그때는 아랑곳 않고
한 오백 년
우리는 앉아 있었던 모양입니다

펄프 픽션

당신은 지루한 책,
나른한 오후에 옷을 벗고 속을 드러내는 자
나는 한 줄 건너, 두 줄 건너 당신에게 갑니다
내가 건널 때마다 이승의 강에 먼지가 내려앉아서
먼지의 강이 그렇게 당신과 나 사이를 흐릅니다
당신이 펼쳐놓은 세상은 너무 넓어서
꽃이 피고 개가 짖고 마을이 들어섭니다
나는 먼지의 강과 들판과 마을을 지났습니다만
내가 닿기 전에 당신은 등을 보이며 돌아누워서
둥글고 단단한 산을 이루어 냅니다
당신은 지루한 책,
나른한 오후에 화장 안 한 얼굴을 드러내는 자
나는 당신의 얼굴로 내 얼굴을 덮어보기도 하지만
당신은 이 다음에, 이 다음에 하면서
나를 밀어냅니다 나는 군침을 흘리며 당신을
더럽히기도 했습니다만 제기랄, 그렇지요
내가 당신을 알면, 뭐, 얼마나, 알았겠습니까
당신은 지루한 책,

나른한 오후에 나와 함께 오래 심심한 자
심심함이 만드는 무늬 속에서 당신은
노랗고 까칠한 얼굴로 나를 들여다봅니다
나는 소리나게 당신의 어깨를 치며
외면하고 싶었습니다 그러면 당신은
너는 나를 모른다고
나는 여기에 있다고 항변하겠지만
그래서 또 다른 서지 속에 숨을 테지만
오래 밖이었던 나는 알았지요
책 속에 숨은 책 속에 숨은 책 속에 숨은
그 속엔 당신도 슬픔도 없이
긴 책들의 행렬뿐이었습니다

코끼리

1
나를 어루만지는 햇살도
내 안에 들어오지는 못한다 지금 나의 윤곽은
저 빛의 그늘이다 간음하는 사람이
아양을 부릴 때 눈이 먼저 웃는 것과 같아서*
코끼리의 눈은 서럽다
네가 누웠던 자리에 먼지가 따라와 눕는다
먼지로 만든 침대, 먼지로 만든 몸, 먼지가 되어
흩어지는 얼굴, 내가 몸을 보여주면
오후의 한 귀퉁이가 무너질 것이다 코끼리는 집이다
그는 옮겨갈 때마다 네 개의 기둥을 뽑아간다
매미소리가 한여름 그늘을 쏟아내고 있다
그늘의 중심이 그늘에 있지 않듯
내 집의 중심에는 내가 없다 아무에게도 없다

2
모든 잊혀진 것들은 둥글다 角을 잃은
저 보도블럭, 지하에 세들어 사는 미인촌

그저 무성할 뿐인 다년생 활엽수들,
하교길 아이들이 초원의 원주민처럼
흩어져 간다 코끼리의 몸이 둥근 것은
너무 많은 것을 기억하고 있기 때문이다
너무 많이 잊혀졌기 때문이다 네 몸 안에서
혹은 잊혀진 곳에서 불이 켜진다 나는
그 안으로 걸어 들어간다 잊혀진 곳은 아늑하므로
해가 뜨고 달이 지는 세월이야
코끼리에게는 너무 멀리 있다

　　　3
나의 향기는 나의 敵이었다 향기는
어느 곳에나 있었다
없는 별자리가 별을 만들듯이,
향기가 무엇을 집어들 수도 있음을
코끼리의 코가 가르쳐 준다, 열대의 밤 속에서
내 몸은 천천히 녹아내린다 罪와
슬픔을 섞어 밥 비벼 먹고 내가 形身을 다시 갖추면

새도 나무도 마을도 만들어 내겠지만
지워진 內外에는 거주할 수가 없다
코끼리는 너무 무거워
코끼리가 지나간 곳에 아무것도 없다

   * 박지원, 『象記』 "코끼리 눈은 몹시 가늘어서 간음하는 사람
이 아양을 부릴 때 그 눈이 먼저 웃는 것과 같으니 그 인자한 본
성이 눈에 있는 것이다."

이 집의 동력

밤중에 깨어 보일러 소리를 들었다 열기가 이불을 들썩거리고 있었다 왜 또, 잠이 안 와? 마음씨가 물었다 이 집의 動力이 무서워 그릉거리며 날 어디론가 데려가는 거 같아 네 주인은 나야, 보일러가 아니라구 그가 날 다독였으나 지난 장마에 부풀어오른 벽지가 터질 것처럼 심장이 아파 왔다 내가 누워 있잖아 마음씨가 나를 안아주었으나 그는 너무 빈약했다 너를 신뢰할 수 없어 어제 너는 다른 이를 안고 있었어 나는 돌아누운 채 그에게 중얼거렸다 이불이 부풀어올라 다른 이의 몸피를 만들고 있었다 눈감고 싶지 않았다 깨고 나면 나는 다른 곳에 있을 것 같았다

코뿔소는 달려온다

    1
늙고 거북한 저녁이 문을 두드린다
나는 허락한다, 그에게 씻을 물과 비누를 주고
床을 차린다 저녁이 꾸부정한 어깨로 숟가락질을 한
다
왜 당신은 아무 말도 않는가? 낮에는 무얼 먹었는가?
저녁이 묻는다 나는 대답하지 않는다
하지만 내가 침묵할 때에도 코뿔소는 달려온다
달려오는 게 그의 숲生이라는 듯

    2
나는 그를 기억할 수 없다
다만 그가 나를 지나쳤을 때,
내 옷깃은 한편으로 쏠렸고
중심은 다른편으로 이동했으며, 벌린 입은
잠시 한숨을 토했을 뿐이다
여전히 나의 향기는 나의 敵이어서
코뿔소가 달려올 때

그의 몸과 머리는 코를 향해 모여든다
모여드는 게 자기 운명이라는 듯

    3

한순간이 일생을 감당하는 경우가 있다
이렇게 되려고 집을 독차지한 것은 아니었어요
아내가 가출한 뒤
사내는 멋없게 우물거렸다
집은 멈춰선 다음에 곰팡이가 슬기 시작했다
코뿔소가 멈춰섰을 때
그의 다리는 우스꽝스럽게 짧다
짧아서 온몸을 지탱한다는 듯
달리는 것들 사이에서 서 있기란
쉽지 않은 일이지, 나는 혼자서 중얼거렸다

악 어
—— 봄날의 入口

막걸리와 고기 냄새로 山中은 부산했다 낭자한 사공
들 덕에 契員들을 실은 배가 산으로 흘러왔다 파도처럼
웃음이 계원들을 휩쓸고 갔다 비가 온 적도 없는데 빗물
이 흐르고 내 눈물도 흐르고 잃어버린 첫사랑도 흐른다
고 왁자하였다

계곡에 진설한 노류장화의 피크닉, 악어가 한 여자를
좇아왔다 지금 악어는 여자가 가져온 물건들을 삼킨 채
그녀의 허리께에 얌전히 웅크려 있다

악어는 시야를 가로막은 저 등성이, 푸른 해일을 타고
왔을 게다 넘실대는 산들은 다른 산들로 뻗어 있고 그
너머 갠지스나 나일, 이름도 아득한 곳에서 악어는 왔다

계원들은 서로 웃으며 몸을 흔들었으나 누가 악어의
튼실한 꼬리를 이길 수 있을까 계원들이 다투어 마이크
앞으로 몰려나갔으나 누가 악어의 큰 입을 상대할 수 있
을까

웃음과 취기가 엉켜 계곡 아래 떠밀려 갈 때에도 악어
는 그저 웅크리고 있다 노류장화의 물가쯤이야 그저 귀
여운 먹이들의 놀이터라는 듯이 마침내 자리가 파하고
계원들은 삼삼오오 짝을 지어 봄날의 입구로 걸어 들어
갔다

　　——계곡의 거대한 아가리 속으로, 순간,
　악어가 감았던 눈을 뜨고 잠깐 웃은 듯했다

가오리

가오리에도 사람이 산다 삼양동에서 수유동에 이르는
여러 개의 언덕을 타고 넘어, 길들이 산자락까지 올라왔
다 아침이면 사람들이 떼를 지어 정류장으로 몰려가고,
그들을 삼키려 납작하고 네모난 버스가 천천히 헤엄쳐
온다

공초(1894~1963)의 무덤이 근처에 있다 일생을 연기
로 날려버린 시인, 그래서 그곳은 늘 상서로운 미세먼지
로 자욱하다 연무를 가르며 버스가 출발한다 일정한 곳
에서 섰다 갔다 하는 버스는 리드미컬하다 혹은 아싸 노
래방과 이 박사, 신호에 걸린 차들과 경적 소리가 그렇
다

대낮에 가오리가 텅 빌 것이라 생각하는 것은 잘못이
다 잘못해서 오히려 값을 올린 흥정을 가오리 흥정이라
부른다 일생을 잘못 베팅한 자들이 가오리의 오후를 천
천히, 시계방향으로, 돌아간다 잎 넓은 가로수들이 박자
에 맞추어, 하염없이, 박수를 쳐댄다

저녁이면 산지사방 흩어지는 고기떼처럼, 사람들이
정류장에서 쏟아져 나온다 순서가 중요하다 가오리니까
사람들은 오고 가지 않는다 群生의 하루가 그렇게 저물
어, 밤이면 사람들을 숨긴 가오리의 집들이 산호처럼 울
긋불긋하거나 다닥다닥하다

바 퀴

바퀴에 관한 시는 늘 음험하다 내가 생각하는 것은 검
은빛의 작고 바글거리는 벌레다 급히 行을 바꿔 쓴 초고
처럼 바퀴는 무리지어 온다 조그맣게 장판 위를 끄적이
는 소리

사실 나는 바퀴에 관한 시를 그녀에 대한 내 불손한
상상과 연관짓고 싶었다 횡단보도 앞에서 그녀들이 건
너올 때 불특정 다수를 겨냥해 쏟아져 나오는 시커먼,
불특정 다수의 소리

그 소리를 차마 옮겨 적을 수 없어서 유감이다 불을
켜면 생각은 새까맣게 흩어진다 머리맡에서 부지런히
빵 부스러기를 치우는 수레들, 내 대신 골똘한 새로 두
시의 소리

누운 어머니의 염색한 머리 속에, 파뿌리같이 흰 머리
카락이 가지런히 자라고 있다 어머니를 바퀴에 빗대지
않아서 다행이다 바퀴들이 접근하지 못하는, 어머니 코

고는 소리

　바퀴에 관한 시를 서둘러 끝맺을 수 있어서 다행이다
그녀들은 길을 건너 총총히 사라졌지만 마침표처럼 미
처 달아나지 못한 놈들이 있다 어머니는 쉼표처럼 곤히
주무신다

비는 세상의 모든 길을 지운다

1

담배 끝에 매달린 生이여, 조마조마하다 외투 속에서
희고 가느다란 육신이 타들어가는 것 같다 내 몸은 지나
치게 가늘다 내 몸의 한 끝을 밝혀 물드는 저녁 하늘 연
기처럼 흩어지는 저거, 그의 육신이 아닌가? 다만 내 몸
은 가늘고 내 몸은 타들어 가고 나를 풀어헤쳐서 길을
여는 구름, 나를 피워 줘 빨아 줘 내 안의 불을 꺼 줘 나
는 네 불을 꺼버렸다 꽁초처럼 비틀거리며 너는 이곳을
떠났다 빠르게 어두워지는 구름

2

혼자 설거지를 하다 보면 엎어놓은 식기들이 땀을 흘
린다 에로틱한데, 속으로 웃다가 문득 쓸쓸해진다 나를
거쳐갔던 몸들 모두 낡았다 나 그들 위로 두근두근 걸어
갔지만 이제야 내가 빠졌음을 깨닫는다 그이가 지푸라
기는 아니더라도 내게 잡히지 않고 별 수 있었겠나

3

어떤 구름은 젖가슴처럼 피어오르고 어떤 구름은 엉덩이처럼 묵지근하다 출렁이는 구름들…… 어떤 구름은 너무 멀리 있고 어떤 구름은 땅으로 내려와 안개가 되기도 한다 그 사람은 形身을 지니지 않았으나, 내가 본 것은 또 무엇이었겠나 가령 자리에 누워서 둥글게 몸을 구부리거나 팔을 뻗어보는 일 따위

4

갑자기 내려친 천둥번개에 아파트 한켠에 모여 있던 차들이 비명을 지른다 시동경보기가 놀란 거다 차들도 오래 주인을 모시고 다니면 인간을 닮는 것일까 어이없게도 운전석이 주인을 흉내내고 있는 것이다 나를 떠나간 발자국은 도로의 턱에도 걸리고, 함부로 중앙선을 넘기도 할 테지만…… 우우우, 으깨지는 소리를 내며, 비는 세상의 모든 길을 지운다

생각하는 사람

그는 너무 조용하다, 석고처럼
공기가 그의 주변에 굳어 있다
찌푸린 그의 눈이
아무것도 보고 있지 않다는 걸 깨닫는데
나는 오랜 시간이 걸렸다
떠받친 팔만 아니었다면
그는 이미 고개를 떨구었을 게다
그는 다만 제 안을 보고 있었을 테지만
욕망의 거푸집은 본래 껍질이다
나를 네게 다 부어버리고 싶은 거야, 알아?
들뜬 내가 말했을 때
그녀는 내 머리를 두들겼다 텅 비었군,
나는 그녀의 비웃음을
재빨리 이해했다 석고처럼
공기가 그의 주변에 굳어 있다
그의 不動性을 지탱하는 것은
대칭이 아니다 잠시
그가 몸을 움찔했다고 생각했으나
생각만으로는 아무것도 못한다
내가 잘못했다

커튼이 쳐진 창문

미친 년 치마처럼 커튼이 펄럭였다고
얼핏 생각했다 커튼은 오래된 비유처럼 낡았지만
나는 비유의 안쪽이 궁금했다
창문은 무슨 소리인가를 실어 내가기도 하고
실어 들여오기도 하다가 잊어버리고,*
나와 그녀는 어떤 通氣性을 지나쳐 와서……
커튼 바깥은 허공이다
커튼이 풀리듯 그녀가 몸을 굽혔을 때
입안으로 그녀의 머리칼이 흘러 들어왔다
창문과 내 벌린 입을 잇는
어떤 通氣性을 지나쳐 와서……
머리카락은 소리나는 쪽으로 몸을 눕혔다
그녀가 눈을 감고 있었으므로
창문은 무슨 소리인가를 실어 내가기도 하고
실어 들여오기도 하였지만
그녀의 말이 어떤 음절로 나누어지는지
알 도리가 없었다 비유의 바깥은 허공이다

* 李箱, 「아침」: 밤은참많기도하드라실어내가기도하고실어
들여오기도하다가잊어버리고새벽이된다

나무들의 기억

내 여자는 월경중이다
어렵게 어렵게 그녀와 나는 경계를 넘는다
내 몸 안에서 피로 가득한 만월이 뜬다
붉은 숲, 붉은 나무들의 기억
이곳은 어디일까 웬 숲이 이렇게 무성할까

달빛은 내 여자의 몸을 덮는 것일까
나무들이 하얗게 일어서고 있다
이 고요 속에는 어떤 불안이 있다
엉긴 머리카락에 손가락을 넣어 쓰다듬듯
나는 이 숲을 달랜다 붉은 숲,
붉은 나무들의 기억

달은 희고 또 붉다 숲에서 숲으로
내 여자는 점점 깊어진다
지금 나를 숨차게 만드는 길은
그녀의 굴곡이다 으 으 으,
울음이거나 웃음인 소리가 내 곁을 흘러간다

갓 우려낸 멸치국물 같은 냄새가
이 길에 가득하다 붉은 숲, 붉은 나무들의 기억
왼편에서 오른편으로 글을 읽을 수 없듯
나는 지금 숲의 안쪽만을 보고 있는 것이다

달은 붉은 숲 너머로 질 것이다

황혼에서 새벽까지
——바이 더 웨이

검은 모래 언덕이 천천히 이동하고 있다 어두워가는
하늘에 박쥐들처럼 구름이 밀려왔다 이곳은 적막이거나
사막의 경계에 있다 어두운 모래 알갱이가 바람에 불려
와 건물과 입간판과 마당을 덮고 있었는데 몇 개 불빛이
간신히 끊어놓은 밤의 이편과 저편,

여기서는 네온조차 선인장처럼 따갑다 이곳을 지키는
여자를 밤의 주인이라 불러도 좋았을 것이다 새벽이 오
면 그녀는 깊은 밤을 날아가 더는 보이지 않을 테지만…
지금은 밤중이다 내가 다가갔을 때 그녀는 졸음에 겨운
고개를 들어 나를 쳐다보았을 뿐이다 그 눈빛, 그 손길,

붉은 입술에서 새어나오는 몇 마디 말은 어떤 비밀을
감추고 있는 것인지 너는 이곳의 식구가 아니라는 듯 그
녀는 고개를 돌린다 검은 모래 언덕이 천천히 이동하고
있다 이곳을 방문한 여행자들은 모두가 조금씩 음산하
다 모래와 어둠과 제 몸을 뒤섞은 듯,

표정이 없다 발자국들은 어두운 길로 나가 이미 흩어
졌다 모래에 스미는 물줄기처럼 새벽이 오고, 나도 그들
도 어두운 방, 어두운 침대로 돌아가 누워야 한다 그전
에 하루치의 침묵과 양식을 사야 하는 것이다

다만 철없는 아이들만 날 새는 줄도 모르고
컵라면과 김밥을 먹으며 부산할 뿐

무게에 관하여

이제 곧 저녁 강을 건널 것이다 지하철이 금호를 지날
즈음 비스듬히 앉아서 제 중심을 나와 나누는 사람, 그
이는 내게 너무 무겁다 나란히 앉아 해탈한 자들처럼 고
개 끄덕이는 이들, 그들의 몸은 그들에게도 너무 무겁다
힘겹게 제가 그은 반원 안에 챙겨 넣는 머리들,

옥수에 오자 지하철은 그예 다리를 건넌다 명도를 낮
춘 풍경들 너머, 마지막 노을이 하류로 떠내려간다 하나
둘씩 떠오르는, 먼 곳에서 살림 차린 불빛들이 정답다
지팡이 짚은 저녁이 저 높은 곳을 향하여 하모니카를 불
며 지나간다

여전히 일렬횡대로 내게 떠밀려 오는 이들, 흘러가는
것은 우리의 힘인가? 당신은 이곳의 드난살이를 설명할
수 있는가? 마주 보건 등을 돌리건 우리 입김은 만수산
드렁칡처럼 서로 얽힌다 우리도 이같이 얽혀…를 생각
할 즈음 지하철은 압구정으로, 다시 지하로, 말하자면
비스듬히 들어간다

이 역은 승강장과 출입문 사이가 넓어
발이 빠질 염려가 있다

4

거북아 거북아

거북아 거북아
너를 닮은 언덕 위에 오늘도 저녁은 내리는데
둥근 알전구를 켜든 집들은 이마를 맞댄 채
그저 평화롭지 거북아 거북아 12월이야 오늘은,
　산등성이 골방에서 난초나 국진을 키우고 싶은 그런
날인데
　화투치는 소리처럼 겨울비는 땅바닥을 두들겨 댔는데
　거북아 거북아 그 소리에 따귀를 댄 듯
　마음만 따가웠지 생각해 보면
　빗물 듣는 자리마다 숟가락이 놓인 듯
　한입거리씩은 군침이 고였는데, 거북아 거북아
　나는 너처럼 그저 웅크리고 있었지 가령
　지나온 길마다 가로등처럼 여자들을 세워두고
　어떤 식으로든 빛났으면 좋겠네 생각했지만
　圍籬安置된 삶에 별일이야 있겠니?
　돌아보면 벽지마다 빗물에 들떠 곰팡이를 피워냈는데
　그렇게 나도 무언가를 피워낼 수 있을까 생각했어
　거북아 거북아 네가 기어다니면

내가 바라던 손님이 우산을 쓰고 나를 찾아올까?
그를 위해 내 두 손을 적셔도 좋을까?
나는 비와 光이 만나는
사소한 역설에 놀라고 있었을 뿐인데
젖은 이불처럼 눅눅한 마음도 잘 익는다면
거북아 거북아 네가 머리를 들 수도 있겠지
그렇지 않으면 구워 먹을 거야…… 나는
웅얼거리다 피박을 쓰듯
이불을 덮고 잠이 들었지 거북아 거북아

千手大悲歌

1
이곳은 물의 나라, 나는
물무늬로 씌어진 편지를 읽었지
읽기 어려운 글자처럼
내 몸은 헐거운 문자,
내가 그이에게로 번져가면
그이는 물의 얼굴, 물의 입술로 다가와
천 개의 손으로 내 가슴을 더듬지
실핏줄 이어진 내 몸의 골목 골목마다
그이가 두리번거리지

2
이곳은 물의 나라, 천 날의 낮과
천 날의 밤으로 세운 나라 그이는
천 개의 손 가운데 한 손을 내밀어
나의 하루를 수식하지
금세 지워질 얼굴로 웃는 낮을 하며
그가 내 몸에 못을 박지

툭, 툭, 소리 내며 나는 신음하지
젖은 나방처럼 눅눅한 편지처럼
땅 위를 파닥거리지

   3
이곳은 물의 나라, 文字와 체위가
흩어지는 나라 내가 손 내밀면 그이는
내 손아귀에서 녹아 내리지
나 그이에게 열린 편지와 같아서
사랑한다는, 거 참 세상 좋아졌다는
한 소식 기다리는 동안
그이는 천 개의 손으로 나를 읽고 갔지

桃花源記

1

한 꼬마 부엌문 뒤에 숨어 있었네
밖에선 왁자지껄 부수는 소리, 부서지는 소리
꼬마 있는 곳까지
아버지 그림자, 나방처럼 소란스럽고
식구들은 태극기처럼 바람에 펄럭였는데
한 꼬마 두 눈 올망졸망히 뜨고
어둠 보고 있었네 손 내민 건 어둠뿐이구나
어둠은 쌀통은 부여잡고 쌀통은 쌀을 껴안고
쌀 속에선 쌀벌레들이, 긴소매 안
꼬마의 손가락처럼 고물거렸네
깨진 그릇조각들이 마당에서 발광하는 밤이었네

2

거기 오래된 복숭아나무 한 그루 서 있었네
꽃들 만발한 밤에 어머니는 꽃 속에 숨곤 했네
아버지가 찾으면 이모네 갔다고 하렴
하지만 때로 꽃들은 달빛에도 우수수 떨어졌네

밟힌 꽃들은 흥건했네 그런 날,
얕은 블록담 아래 심어놓은
가지런한 파들도 푸들푸들 떨었네 먼 데서 보면
꽃들은 울면서 먹던 밥알 같았네
잘 빨아 말린 옷 입고, 흰 밥 먹는 게
어머니 소원이었는데

3
武陵의 식구들, 울거나 울리며 거기서 오래 살았네
바깥에서 하세월이 흐르는 것도 몰랐지만
그 집, 낡은 소쿠리처럼 엉성해서
비릿한 꽃내음은 멀리까지 퍼져갔네
달빛 만발한 밤에는
정말 둥실한 복숭아가 열리기도 했네
물오른 果肉 같던 식구들, 하나 둘
대처로 팔려나간 뒤에 복숭아나무는
꽃문을 닫아걸었네 다시는 피지 않았네

4
지금, 손을 뻗어도 닿지 않는 등처럼
오래된 기억이네 그곳을 떠나며 꼬마는
돌아가는 길을 표시해 두었지만
꽃은 시들고 밥알은 지나가는 새들이
먹어버린 거였네

공무도하가

그때 세상은 통화중이었습니다
비가 나를 혼선된 길로, 다른 세상으로
데려간 적이 있었어요
지금처럼 덥고 무거운 저녁이었죠
길 위에 가득 물꽃들이 피어났어요
머리가 허연 그분이 비틀거리며 언덕을 내려왔을 때,
나는 아무 말도 할 수가 없었죠
물결이 공무도하에서 공경도하로
넘실거리고 있었어요 물로 지은
弔花들이 천천히 흘러가기 시작했지요
빗방울이 그분을 두들겼으나
그분은 눈도 깜박이지 않았습니다
검은 리본이 완강했습니다
검은 강 때문이지, 그분이 제게 말을 건넸어요
누구도 건널 수 없는 강이
이곳까지 범람했기 때문이지
그는 검지로 자기 머리를 가리켰어요
순식간에 터져 기억을 지운

검은 핏줄기 때문이지
길 위로 가득 만장이 흘러가고 있었어요
그 타하이사의 거품들!
그는 손을 펴 보였죠 막내야,
이 길을 따라 너는 여기까지 온 거야
나는 손으로 입을 막았어요 그분은
오래 전 나의 미래,
나의 주름이었던 겁니다
노란 紙燈이 일순 그의 얼굴을 비춘 듯했습니다
고개를 떨군 나를 검은 강 아래서
한 남자가 입을 가린 채 쳐다보고 있었어요
당내공하의 물살을 가르며
차들이 순식간에
제 平生을 지나쳐 갔지요
그때 세상은 통화중이었습니다
산발한 나날들이 공후의 빈 몸을 훑어가며
울리고 있었지요

뜨거운 양철지붕 위의 고양이

오래된 옛집 지붕을 투닥거리며 지나가던 고양이가
나를 찾아왔습니다 오솔길보다 구불거리며
오르던 그 동네에는 도둑도, 도둑
고양이도 많았습니다 주인이 이사가면
고양이는 주인을 버리고 옛집을 택한다더군요
그 가운데에는 한 백 년쯤 묵은 고양이도 있었을 겁니
다
사람처럼 안방에 살면서 사람처럼 아기 울음소리를
흉내내는 놈들 말입니다 어서 와, 오래 굶었어
내게 젖을 줘, 하고 우는 놈들이지요

장롱이 들어가지 않아 천장을 뜯었더니
쥐들이 한밤중에 이불 위를 기어다녔습니다
나는 야옹 소리나 흉내내며 내 집 지붕을 넘어
옆집을 지나고 골목을 타넘어
멀리 가버리고 싶었습니다 아주 더운 여름이었어요

나는 누이들 옷벗는 소리나 몰래 들으면서

그 天上 동네에서 木月이니 素月이니 하는 이름을
읽고 살았습니다 지붕 위를 투닥거리며
돌아다니는 고양이들이 부러웠습니다
나도 시인이라는 이름을 도둑질하고 싶었던 거죠

고양이는 똥을 누고 나면 뒷발로 흙을 끼얹어
똥을 덮는 습성이 있습니다 철이 든 뒤에
식구들은 하나 둘 그 누린내 나는 곳을
뒤도 안 돌아보고 나왔지만, 뒷발질로 그곳을 덮었지
만
그래요, 정작 고양이는 그곳에서 내 흉내를
내고 있었겠죠 배 고파, 오래 굶었어, 하고 말입니다

소나기는 그칠 기색이 없군요
이 글을 쓰는 지금도
여전히 투닥거리며 내 머리 위를
고파고파 뛰어다니고 있습니다

바람의 나라

바람이 임의로 불매 네가 그 소리를 들어도
어디서 오며 어디로 가는지 알지 못하나니(요한복음 3:8)

그 나라의 子音은 목청소리뿐이다 분절되지 않은 말
들이 먼 곳에서 와서 먼 곳으로 간다 인칭과 인칭을 잇
는 조용한 사슬들, 그 나라의 영토는 모래 쓸려간 자국
이다 바람이 모래 몇 알을 넣어주었다 나는 눈을 깜박인
다

내가 움켜쥐면 그 나라는 손가락 사이로 빠져나간다
좁은 통로를 지나쳐온 홀소리들의 나라다 내게서 나간
바람은 인칭을 실어 멀리까지 날아간다 내 것이었다가,
네 것이었다가, 이제는 그의 것이라고 불러야 한다

멀리서, 모여든 불빛들이 잠시 흔들린다 그 나라의 方
位는 너무 춥거나 덥다 지워진 불빛들은 희미하다 오랜
여행을 마친 별들처럼 그는 가버렸고 망막에 남았다 그
나라는 간신히 이루었다가, 흔들리다가, 순식간에 무너
져 내린다

모래의 나라

나의 날은 모래같이 많을 것이라(욥기 29장 18절)
네 백성이 바다의 모래 같을지라도 남은 자만 돌아오리니…
(이사야 10장 22절)

닿소리만으로 이루어진 나라가 있다 그 나라는 서걱
거린다 무너지는, 무너지는, 무너지는…… 그 나라는 바
람에 실려 옮아간다 모래는 분절을 모른다 마찰음 소리
를 내며 모래들은 여기서부터 十里에 걸쳐 운다 그는
인칭에서 인칭으로 건너띈다

모래는 인칭을 만들지 않는다 나와 네가 없어도 모래
는 먼 곳까지 날아간다 모래는 마지막 인간의 몸이다 그
의 마음이 옮겨가면 말라붙은 그의 몸도 옮겨간다 그는
모래 더미를 헤쳐 나왔다가 모래 더미 속으로 돌아갔다

그 나라의 方位는 똑같다 사방에서 해가 뜨고 사방에
서 어둠이 깔린다 모래는 눈, 코, 입을 가리지 않는다 눈
물샘이나 침샘마저 막혔으므로 그 나라를 관통하기란
어렵다 몸 밖에서는 아무 것도 찾을 수 없었으므로 낙타
는 제 몸 안에 샘물을 마련해놓고 다닌다

출가하는 자작나무
—— 백담사 가는 길

눈을 뒤집어쓴 자작나무가
자작, 자작 도열해 있는 이 흑백의 풍경,
어디선가 본 듯 하다
겨울 햇빛이 산등성이 나무들에
빗살을 긋고 있다
산은 오래 전의 토기 같다,
여기에도 열매를 모으고 고기를 구워
일가를 거두었던 꿈이 있었을 것이다

나는 方外의 시절을 달래기 위해
이곳에 오지는 않았다 내가 가는 곳마다
杜門이나 不出이 있었다고
말하지는 않겠다
저 눈의 성채들,
나의 내면은 저 산의 외면이었으므로
도열한 자작나무처럼
나는 오래 배경이었다

그러나 돌아보면 산은
제 안을 헐어 나무들을 내보내고 있다
햇살에 몸을 열어 질척이는 길을
세상에 放生하고 있다
출가하는 겨울의 긴 꿈으로
자작, 자작, 나무들이
잠 못 이룬 채 뒤척이고 있다

내가 던진 물수제비가 그대에게 건너갈 때

그날 내가 던진 물수제비가 그대에게 건너갈 때
물결이 물결을 불러 그대에게 먼저 가 닿았습니다
입술과 입술이 만나듯 물결과 물결이 만나
한 세상 열어 보일 듯했습니다
연한 세월을 흩어 날리는 파랑의 길을 따라
그대에게 건너갈 때 그대는 흔들렸던가요
그 물결 무늬를 가슴에 새겨 두었던가요
내가 던진 물수제비가 그대에게 건너갈 때
강물은 잠시 멈추어 제 몸을 열어 보였습니다
그대 역시 그처럼 열리리라 생각한 걸까요
공연히 들떠서 그대 마음 쪽으로 철벅거렸지만
어째서 수심은 몸으로만 겪는 걸까요
내가 던진 물수제비가 그대에게 건너갈 때
이 삶의 대안이 그대라 생각했던 마음은
오래 가지 못했습니다 없는 돌다리를
두들기며 건너던 나의 물수제비,
그대에게 닿지 못하고 쉽게 가라앉았지요
그 위로 세월이 흘렀구요
물결과 물결이 만나듯 우리는 흔들렸을 뿐입니다

원형의 감옥 1

이곳은 원형의 감옥, 가느다란
기둥으로 반 坪은 무너질 듯 위태롭게 서 있다
기다리는 이가 오지 않는 한,
세상의 중심은 이곳이 아니다
수많은 날것들이 어지러이 떠돌 때에도
물로 지은 창살은 시야를 촘촘하게 가린다
이곳은 원형의 감옥, 세상의 소식이
얇은 지붕을 두드리고 있으나
이 소란이 밀쳐낸 고요의 무늬는
다만 내가 읽어야 할 것이다
내 주변을 침식해 들어오는
세월의 따가운 흠집들을
내려다볼 뿐
이곳은 원형의 감옥, 걸어갈 때에도
나는 이송중이다

원형의 감옥 2

나무도, 그늘 속 나도
무연히 서 있다
기다리는 이가 오지 않는 한,
나는 밀봉되었을 따름이다
이 나무는 거대한 해시계여서
나를 가둔 채 오전에서 오후 쪽으로 옮겨간다
그러나 햇살에도 이렇게 빈틈이 많은 것을
나를 감시하는 그늘 속 눈들,
파파라치들이 저토록 많구나
기다린다는 건 타인의 시선에
개봉되는 것이다
지금 내 안은 여닫은 봉투와 같아서
나는 햇살을 가득 담은
푸른 그늘이다 나갈 때가 되었구나
다시는 돌아보지 말라고,
저 잎들의 뒷면에 적힌 에필로그를
바람이 언뜻 뒤집어 보여준다

다시, 황금나무 아래서

지금은 황금의 알들이 머리 위에서
새롭게 쏟아져내리는 시간,
그늘은 금빛으로 물들었다
이 나무는 태양의 오벨리스크, 태양의 司祭
부채 모양의 잎들은 태양의 손길이다
지금 시간은 정오
어둠과 빛을 섞어 새로운 알을 빚어내는
제의의 시간,
나무 그림자는 천천히 회전하는 중이다
시간을 등분하는 축음기 같은 회전, 그래서
나와 햇볕 사이는 열두 걸음이다
천천히 자리를 바꾸는 나무 그림자를 따라
어떤 것은 어두워지고, 어떤 것은 환해졌으나 지금은
和睦祭의 시간,
그늘은 금빛으로 물들었다
나는 그늘과 햇볕 사이를 천천히 꿰매는
태양의 손길을 느낀다

지금 시간은 정오,
그늘이 제 부피를 늘였다 줄인 그곳
황금의 알들이 부화되는 그곳을
나는 천천히 걸어나온다
가장 작은 그늘이 나를 따라온다

직관과 묘사, 사물의 안팎을 투시하는

이곳은 원형의 감옥, 세상의 소식이
얇은 지붕을 두드리고 있으나
이 소란이 밀쳐낸 고요의 무늬는
다만 내가 읽어야 할 것이다
　　　──「원형의 감옥 1」 중에서

유 성 호

(문학평론가 · 한국교원대 교수)

1

　권혁웅의 시는 사실적이고 명료한 이미지를 지향하지 않는다. 그는 사물 하나를 그리는 데도 밝게 드러난 면과 그 때문에 필연적으로 파생하는 그늘의 이면을 동시에 응시하는 복합성의 시선을 가지고 있다. 그래서 그의 언어는 사물의 안팎에 두루 가 닿고자 하며, 그것을 미적으로 투시하고 조형하는 데 심혈을 기울인다. 어느 것 하나 허투루 만들어낸 태작이나 순간적으로 씌어진 즉석 시편이 없다. 그 점에서 권혁웅은 근래 우리가 만나기 힘든, 섬세한 미적 세공사의 모습을 지니고 있다.

　한편 그의 시는 그 정조(情調)에서, 낙관적 희망이나 비극적 세계 인식의 외피를 두르고 있지 않다. 우리가 살고 있는 세계와 거기서 이루어지는 우리의 생의 형식을 응시하고 해석하는 데서도 그는 복합성과 미결정성의 표정을 띠고 있다. 그래서 그의 시는 어둡거나 밝지 않다. 그러한 모노크롬으로는 생의 복합성을 드러낼 수 없다는, 생의 모순율에 대한 남다른 자의식이 그의 시에서 단조로운 색조를 허락하지 않는다.

진정한 시인의 존재 형식이 언어의 안팎을 동시에 살아내는 고투에서 찾아진다고 할 때, 권혁웅이야말로 이러한 언어의 안팎을 동시에 살아내려는 일관된 열망과 능력을 아울러 가진 시인이라고 말할 수 있다. 이처럼 '안쪽'(언어미학)과 '바깥쪽'(삶·현실)에 두루 가 닿는 언어를 통한 존재의 동시증명은, 그의 시가 정서적이고 직접적인 전언이 아니라, 다소 지적이고 상징적이고 간접화된 언어로 이루어질 것임을 암시해주는 지표이다.

권혁웅의 이 같은 시적 특성을 추동하는 두 가지 축은 '직관'과 '묘사'이다. 그의 사물 파악이나 현실 이해는 치밀하고 산술적인 '이성'적 작업보다는, 순간적인 감응력에 바탕을 둔 '직관'의 힘에 의해 촉발되고 완성된다. 또한 축적된 시간의 결을 찾아 그것을 섬세하게 재구(再構)하는 '서사'보다는, 충만한 현재형을 구성하고 있는 사물의 외관을 집요하게 '묘사'하는 쪽으로 현저하게 경사되어 있다. 그래서 그의 시는 사물에 대한 세밀한 관찰 능력과 그것을 통해 세계의 비의를 읽으려고 하는 시인의 욕망 사이에서 발원한다.

물론 '직관'이라는 것이 섬광 같은 순간성에 의해 작동하는 것이라고는 해도, 그 힘이 발휘되기 위해서는 오랜 시간과 경험의 퇴적이 필요하다. 권혁웅의 시는, 이처럼 순간의 발견 속에 오래된 시간이 담겨 있는 경우가 많다. "침묵의 잠심(潛心) 후에, 영혼의 외부에서가 아니고, 그 한가운데서 일어나는 숨결과 같은"(자끄 마리땡) 직관은, 사물의 외적 윤곽과 주체의 내적 정황을 통합해내면서, 시인으로 하여금 세계에 미만해 있는(그래서 은폐되어 있는) 온갖 "고요의 무늬"(「원형의 감옥 1」)들을 발견케 하는데, 그 발견의 순간을 언어로 붙잡아매는 방법이 바로 '묘사'이다. 강조하건대, 권혁웅의 '묘사'를 통한 언어적 조형 능력은 그의 시를 다른 이들의 시와 확연하게 변별해주는 가장 유력한 표지이다.

이처럼 권혁웅은 '직관'에 의한 사물 파악과 '묘사'를 통한 시적 표현으로, 사물의 안팎과 생의 복합적 형식에 이르고자 하는 심미적이고 상상적인 언어 세계를 구축해가고 있는 시인이다.

2

빛과 그늘, 존재와 부재, 안과 밖을 동시에 그려내고자 하는 이 시인의 한결같은 의욕은, 이 시인으로 하여금 사물의 실체보다는 그 잔상(殘像)이나 흔적을 탐사하게끔 한다. '해'보다는 '햇빛', 그보다는 '그림자', 그리고 사물 자체보다는 사물이 있던 '자리'나 그것이 그리는 '파문' 같은 흔적들 말이다. 시집 첫머리에 실린 다음 작품!

오래 전 사람의 소식이 궁금하다면
어느 집 좁은 처마 아래서 비를 그어 보라, 파문
부재와 부재 사이에서 당신 발목 아래 피어나는
작은 동그라미를 바라보라
당신이 걸어온 동그란 행복 안에서
당신은 늘 오른쪽 아니면 왼쪽이 젖었을 것인데
그 사람은 당신과 늘 반대편 세상이 젖었을 것인데
이제 빗살이 당신과 그 사람 사이에
어떤 간격을 만들어 놓았는지 궁금하다면
어느 집 처마 아래 서보라
동그라미와 동그라미 사이에 촘촘히 꽂히는
저 부재에 주파수를 맞춰 보라
그러면 당신은 오래된 라디오처럼 잡음이 많은
그 사람의 목소리를 들을 수 있을 것이다, 파문
──「파문」 전문

　시인은, 가상적으로 설정된 청자에게, 빗방울이 내리꽂히며
만들어내는 무수한 파문을 통해 "오래 전 사람의 소식"을 접
하라고 한다. 그때 청자는 "부재와 부재 사이에서" "발목 아래
피어나는/작은 동그라미"인 파문을 통해 오래된 '기억(소식)'
들을 현재화할 수 있게 된다. 그런데 시인은 "당신이 걸어온
동그란 행복 안에서/당신은 늘 오른쪽 아니면 왼쪽이 젖었을
것인데/그 사람은 당신과 늘 반대편 세상이 젖었을 것"이라고
말하는데, 이처럼 '당신'과 '그 사람'은 같은 '동그라미'에 서

있으면서도 반대편이 젖어 그 사이에 "어떤 간격"이 생길 수밖에 없는 운명에 놓여 있다. 이때 시인은 "동그라미와 동그라미 사이에 촘촘히 꽂히는/저 부재에 주파수를 맞춰 보라"고 권면한다.(청자가 사실은 자기 자신이니 이 '권면'은 '자기 다짐'이기도 하다.) '그 사람'은 엄연히 그 "어떤 간격"으로 하여 '부재'일 수밖에 없는데, 바로 그 '부재'에 주파수를 맞춤으로써 가느다란 소리라도 들을 수 있기 때문이다. 시각적 경험으로 집중되어오던 시가 돌연 '주파수'라는 단어에 의해 청각으로 선회하는 순간이다. "그러면 당신은 오래된 라디오처럼 잡음이 많은/그 사람의 목소리를 들을 수 있을 것이다, 파문"이라고 매듭을 짓는 것도 이러한 감각의 전이 때문에 가능하다. 내리는 빗방울에 의해 그려진 무수한 파문들, 그 선명한 부재의 흔적들을 시인은 "잡음이 많은/그 사람의 목소리"를 듣는 것으로 바꿔놓음으로써 '그 사람'의 부재와 '당신(시인)'의 현존을, 과거의 기억과 현재의 충만함을 산뜻하게 이어놓고 있다. 부재와 존재 혹은 기억과 현존을 소통시키는 이러한 시의식을 두고 우리는, 상징주의의 저 유명한 기율인 상응(相應)의 시학의 편린이라고 불러도 좋을 것이다.

이 '파문'은 「내가 던진 물수제비가 그대에게 건너갈 때」에 나오는 "물결 무늬"나 「千手大悲歌」에 나오는 "물무늬"로 변형되면서, 시집 곳곳에 자신의 흔적들을 숨기고 있다. 이러한 그의 생각은, "나를 어루만지는 햇살도/내 안에 들어오지는 못한다 지금 나의 윤곽은/저 빛의 그늘"(「코끼리」)처럼 자신의 윤곽을 그리고 있는 것도 '빛' 자체가 아니라 '빛의 그늘'

임을 말한다. "없는 별자리가 별을 만들듯이"(「코끼리」) 말이다. 사실 '파문'이라는 것은 사물의 존재가 지금은 사라져버렸다는 가장 분명한 물증이자 언젠가 그것이 확실히 존재했었다는 더없는 알리바이이다. '파문'이 가지는 이 같은 부재와 현존의 동시적 속성을 통해 시인은 생의 복합성을 보고 읽고 그려낸다. "이곳은 원형의 감옥, 세상의 소식이/얇은 지붕을 두드리고 있으나/이 소란이 밀쳐낸 고요의 무늬는/다만 내가 읽어야 할 것"(「원형의 감옥 1」)이라면서.

또한 "그늘의 中心이 그늘에 있지 않듯/내 집의 중심에는 내가 없다 아무에게도 없다"(「코끼리」)는 처절한 절규는, 자신의 존재가 철저한 부재를 통해 구성되어 있으면서도, 부재를 통해서만 존재를 증명할 수밖에 없는 시인의 치명적인 존재론을 암시한다. 그래서 그의 시선은 실체의 명료함으로부터 일정하게 떨어져 사물의 윤곽과 그늘과 흔적과 파문을 쫓고 있지만, 그 "圍籬安置된 삶"(「거북아 거북아」)이 오히려 역설적으로 그로 하여금 많은 것들을 보고 읽고 묘사할 수 있게 해주고 있는 것이다.

  3

권혁웅의 첫 시집 『황금나무 아래서』에는, 시인의 역동적 상상력과 치밀한 묘사가 이루어 놓은 아름다운 환(幻)의 세계가 많이 담겨 있다. 그의 시를 이미지즘의 세련된 국면으로 이해해도 좋을 까닭이 여기서 생겨난다. 그런데 그의 이러한 이미지스트로서의 면모는, 이른바 '정서의 사물화'를 비교적 능숙하게 수행하는 데서도 드러나지만, 시가 근본적으로 과거의 기억을 재생하는 것이 아니라 그것을 포함해서 시제 자체를 탈환해버리는 '충만한 현재형'임을 보여주는 실례로도 읽힐 수 있다. 시집의 표제작!

황금나무를 본다
저 나무는 세계수, 하늘을 향해 직립한 채
부채 모양의 금빛 葉片들을 쏟아낸다
나무가 이곳에 뿌리내린 것은 아주 오래 전이다
저 금빛 환상이 없었다면
우리는 여전히 나무 위에 집을 짓는 족속이었을까

아까부터 젊은 연인들이 서로의 손을 잡고
제단에 앉아 있다 저 신성한 이들의 황금시대를
기록할 문자가 나에겐 없다
다만 나는 내 안에 기식하는 너무 많은 것들을
금빛 바람 위에 실어 보낼 뿐이다

내 몸을 온통 물들이는 황금나무를 보며
나도 몇 번의 제의를 거쳐온 듯하다
마르고 헐벗은 가지가 푸르고 노란빛으로
거듭 생을 치장하는 동안

내게도 두어 편 격절과 비약의 연대기가 있었다
이제 나무에 기대어 나는 내가 꾼 꿈들이
신화의 어느 먼, 지금은 잊혀진
하나의 家系였다고 생각하며

투둑둑 떨어지는 황금의 알들을 줍는다
저것들을 버리면 새들이 날개로 덮거나
마소가 피해가리라 진동하는 냄새는
새로운 탄생의 後景이었던 셈,
나도 언젠가 卵生의 꿈을 꿀 것이다
　　　　　　　　　──「황금나무 아래서」 전문

　"하늘을 향해 직립한 채/부채 모양의 금빛 葉片들을 쏟아"
내고 있는 '황금나무'는, 시인의 기억 속에 존재하는 실재적
대상이라기보다는 철저하게 상상 속에서 구성된 현재화된 미
적 형상이다. 아주 오래 전에 뿌리를 내렸고(과거), 내 몸을 온
통 물들이고 있으며(현재), 새로운 탄생을 가능케 하는(미래)
저 '황금나무 아래서' 시인은 "금빛 환상/금빛 바람/황금의
알들"이 주는 매혹의 힘으로 "卵生의 꿈"을 꾼다.
　그런데 시인은 "저 신성한 이들의 황금시대를/기록할 문자
가 나에겐 없다"고 말한다. 마치 "내게는 뒷 이야기를 기록할
여백이 없"(「여우 이야기」)듯이 말이다. 이처럼 '문자'도 '여
백'도 없는 시인의 시가 늘 "새로운 탄생"을 꿈꿀 수밖에 없는
것도, 그래서 늘 "미완"(「여우 이야기」)일 수밖에 없는 것도 당

126

연하지 않은가.

그러나 언젠가 "내게도 두어 편 격절과 비약의 연대기가 있었"고 "몇 번의 제의"를 거쳤다는 시인의 기억과, "새로운 탄생"과 "卵生의 꿈"에 대한 시인의 강렬한 열망은, 과거의 충만했던 기억과 현재의 쓸쓸한 부재를 연결하면서, 부재할 수밖에 없었던 "황금시대를 기록할/문자"들을 이렇게 아름답게 살려내고 있다. 그래서 시인은 시집의 마지막 작품에서 "지금은/和睦祭의 시간"(「다시, 황금나무 아래서」)이라고 말할 수 있는 것이다. 이 '和睦祭'의 시간이야말로 '충만한 현재형'의 상상적 등가물이 아닌가. 이처럼 사실적 이미지가 아니라 상상적 환(幻)의 이미지를 통해서도 권혁웅은 과거와 현재, 부재와 현존, 안과 밖을 두루 묘사하고 읽어내면서 그 결핍의 힘으로 꿈을 꾸고 있다.

이와 함께 「돼지가 우물에 빠진 날」에서 보이는 돼지의 죽음과 "紙錢을 먹은 듯" 피어나는 그의 환생 그리고 시간의 천연스런 순환이 빚어내는 환(幻)적 이미지는, 이 시인의 남다른 상황 구성력을 말해주는 또 하나의 사례이다. 물론 이와 같은 속성은 그의 시를 만들어진 듯한(그의 시는 '노래' 되지 않고 '그려진다') 스타일리스트의 그것으로 보이게끔 하는 것이기도 하다. "햇살의 이편과 저편이 솜털 속에서 섞이네"(「봄은 고양이로다」)라든가 "꽃의 이편과 저편을/진홍과 초록으로 나누는 울음"(「소리 없이 우는 법」), "손뼉만한 그늘을/301棟 북쪽 벽면이 만드는/거대한 그늘이 삼키고 있네"(「우울한 일요일」), "몇 개 불빛이 간신히 끊어놓은 밤의 이편과 저편"(「황혼

에서 새벽까지」)같이, 사물의 미세한 틈에서 얼핏 비치고 사
라져버리는 순간적 움직임조차 놓치지 않고 붙잡아 묘사하는
그의 능력은 참으로 뛰어나다.

    4

   그런가 하면 마지막으로, 권혁웅 시에서 그가 꾸려온 생에
대한 인생론적 성찰도 중요한 몫을 차지한다. 이는 앞서 살핀
'흔적'으로서의 시와 '환'적 상상으로서의 시를 넘어서 자연
인으로서의 진정성에 다가가려는 그의 면모를 보여준다. 이는
그의 시가 다채로운 층위에서 발원되고 있음을 보여주는 것인
데, 젊은 날의 제의(ritual)적 시간을 담고 있는 다음 작품!

   새로 두시에 산등성이를 건너온 비는
   내 방 창을 두드린다 창문에
   조팝나무 잎이 붙어 있다 먼데 있는 것들이
   문득 소식을 전하는 거다
   지나쳐온 것들이 紫金城이나 땡삐치틴처럼
   문 앞까지 다가와 다닥다닥,
   붙어 있을 때 그걸 흔적 없이 긁어낼 수 있나?
   웃기고 있네, 나는 요금별납처럼 살았어
   내 자리 어디선가 조금씩 내가 빠져나간 거지
   세시가 되니 비는 더 심해져서
   파도치는 소리를 낸다 창문을 여니

먼데 불빛이 어렵게 깜박인다
누군가 구조신호를 보내는 거지
구름 뒤에 둥글게 빛나는 달이 있듯이
저곳 어디에 왕십리가 있을 것이다
나는 外道가 지나쳤다, 라고 목월은 말했지만
아니다, 나는 처음부터 저 길 너머에 있었다
새로 세시에서 네시로 지나가는 저 비처럼
나는 세상을 건너갈 수 없었다
왕십리, 십리가 멀다 하고 찾아가던 곳
하지만 늘 십리는 더 가야 하던 곳
내게도 밤을 디디고 가야 할 곳이 있다
물론 왕십리에 가기 전에, 왕십리도 못 가서
나는 發病이 날지도 모르지만
——「왕십리」 전문

「왕십리」라는 제목의 시를 남긴 시인은 김소월과 박목월이
다. 소월의 것이 이별 뒤의 기다림을 노래한 애달픈 시편인 데
비해, 목월의 것은 "내일 모레가 육십인데/나는 너무 무겁다./
나는 너무 느리다./나는 外道가 지나쳤다./가도/가도/바람이
입을 막는 왕십리."라는, 삶의 황혼에서 비쳐 보이는 인생론
적 애환을 담고 있다. 목월이 '外道'라고 말한 것은, 그 스스
로의 생에 대한 반성적 함의가 들어 있는 것이지만, 권혁웅은
아예 '外道'가 아니라 "나는 처음부터 저 길 너머에 있었다"
고 말한다. '길 밖(外道)'이 아니라 '길 너머'란 무엇일까? 물

론 그 '너머'는 초월이나 격절(隔絶)을 말하는 것이 아니라, "나는 세상을 건너갈 수 없었다"는 아득한 좌절과 회한을 말하는 것이다.

흡사 "요금별납처럼" 살아온 시인은 "내 자리 어디선가 조금씩 내가 빠져"나가는 존재론적 결핍의 아픔을 느끼면서도, 내리는 빗방울이 "누군가 구조신호를 보내는 거"라고 상상한다. 그 '구조신호'를 잘 듣고 있노라면 혹시라도 "왕십리, 십리가 멀다 하고 찾아가던 곳/하지만 늘 십리는 더 가야 하던 곳/내게도 밤을 디디고 가야 할 곳"에 이를 수 있지 않을까? 그런데 이 '구조신호' 조차 초월이나 구원의 징표가 아니라 끝없이 "밤을 디디고 가야"만 하는 운명을 새삼 확인케 해주는 것일 뿐이다. 여기서 권혁웅의 삶의 인식은, 인간의 능동적 의지로는 타개해나갈 수 없는 운명의 표정을 승인하면서 그것을 생의 불가피한 형식으로 받아들이는 모습을 띤다.

나는 사실, 권혁웅의 시에서는 다분히 예외적이겠지만, 그가 걸어온 시간의 유적(遺跡)이 사실적으로 재구되어 있는 작품들의 기나긴 호흡을 눈여겨보았다. 가령 「여우 이야기」나 「산과 마을」, 「두 개의 문」 등에서 보이는 긴 호흡은 그의 성장사와 가족사 나아가 그가 치러낸 남다른 경험들을 서사적으로 집약하고 있다. 그만큼 그는 "그렇게 오랜 길을 달려"(「말」) 온 것이다.

또한 「서울시 신림동 산7 聖 金福禮의 하루」는 "기다림이 없"는 산동네에 살고 있는 한 노파의 생을 빌려와 '가난'과 '운명' 같은 불가항력적인 생의 조건들을 탐색하되, 그 안에

단단한 서사를 내장하는 방식을 원용하고 있다. 그 산동네를
시인이 "하늘에 제일 가까운 곳에 세워진 빛의 고딕 성당"이
라고 유쾌하게 채색하고 있는 것은 그가 낙관론자여서가 아니
라, 비극성이나 희망의 원리 같은 것에 일방적으로 시를 귀속
시키지 않으려는 균형에의 의지를 그가 가지고 있기 때문이
다. 그래서 이 작품은 사회적 물질성의 차원을 거뜬히 넘어선
다. 마찬가지로 「하마 – 지하생활자」 같은 작품에서도 시인은
"반지하 방안에서 밤에만 떠올라"오는 프레스공의 고단한 삶
을 다루고 있으면서도, 마지막 연의 경쾌한 반전을 통해 작품
을 사회적 차원이 아닌 "정방형으로 관찰되는 生"이라는 보편
적 형식으로 만들고 있다.

5

덧붙여 권혁웅 시에 나타나는 레토릭 차원의 한 특징을 이
야기해 볼 수 있을 것 같다. 그것은 앞의 「왕십리」에서도 편린
을 드러낸 바 있는 '인유(引喩)'이다. 윤동주, 노천명, 이육사
의 시가 시의 한가운데 그대로 삽입되어 있다든가, 소설, 회
화, 조각, 영화(제목), 팝송, 대중가요, 성경이나 고전 작품들
에 이르기까지 상이한 컨텍스트에서 이미 완료된 목소리를 시
의 문맥으로 새롭게 끌어들여 자신의 생각과 언어를 이어가는
습벽이 그에게는 있다.
이러한 독특한 시작법은, 순간적으로 생의 비의나 사물의
안팎을 투시해내는 그의 능력도 결국은 숱한 시간 동안 그가

섭렵해온 문자와 영상과 그림과 음악 때문에 가능했던 것임을 알려준다. 여기서 우리는 그가 얼마나 많이 읽고(「사소한 기록 1」) 쓰고(「강박에 사로잡힌 시계」) 보고(「흰 뱀을 찾아서」) 중얼거리고(「코뿔소는 달려온다」) 상상하는(「말」) 부지런한 사색가적 면모를 띠고 있는지 알게 된다. 그래서 우리는 이와 같은 그의 시적 발상과 작법을, 다양한 문화적 교양 체험의 흔연한 시적 수용이라고 지칭해도 좋을 것이다. 그의 시가 내용적으로는 충일한 감각과 간절한 어떤 정서의 지점에서 발생하면서도 철저하게 지적인 원리와 호흡에 의해서 구성되는 듯한 느낌을 주는 까닭도 여기서 기인한다.

여기서 우리는 그가 어느 문학 좌담에서 한 발언을 상기해도 좋을 것이다. "어차피 영상 언어가 확장되는 것은 대세인데, 그렇다고 시의 영역이 줄어드는 것은 아니라고 봅니다. 문자로 씌어진 것만을 시라고 볼 필요는 없습니다. 시가 아니라 시적인 것에서 논의를 시작한다면, 사실 시적인 것의 영역은 무궁무진하게 넓어지고 있다고 생각이 돼요. (…) 서사와 이미지, 음악성에 대한 분석을 수행하다보면, 그것들을 모으고 있는 영역은 사실 시일 수밖에 없습니다."(「시가 서 있는 곳, 시가 나아갈 곳」, 《문학마을》 2001. 가을)라고 그는 말했는데, 이러한 인접 장르들에 대해 풍부하게 열려 있는 그의 감수성이 우리로 하여금 그가 '시적인 것'의 확장을 꾀해갈 것임을 기대하게 한다. 그러나 인유의 빈번한 활용이 몰고올 상투성도 자계(自戒)해야 할 시점이 아닌가도 싶다.

또한 그의 시에 빈번하게 등장하는 이채로운 이미지는 단연

132

‘동물’의 형상인데, 그 목록만 보아도 돼지, 말, 여우, 하마, 고양이, 뱀, 거북, 코끼리, 코뿔소, 악어, 가오리, 바퀴 등 헤아릴 수 없이 많다. 그런데 흔히 시에서 동물 형상이 불러오기 쉬운 우의(寓意)적 욕망에 쉽게 매달리지 않는 장점을 그는 가지고 있다. 알레고리의 단층적 차원을 벗어나 다층적인 상징적 파장에 이르려고 하는 그의 언어적 욕망이 다음 세계를 기대해도 좋게끔 한다.

　시집의 유기성과 완성도를 위해서 적잖은 시편들을 버린 게 틀림없어 보이는 이 시집에 담긴 56편의 가작들은, 시인의 철저한 장인 정신과 자기 검색에 의해, 빽빽하게 늘어선 가로수들의 형상을 하고 있다. 그래서 다소 이완된 시선으로 쉬엄쉬엄 읽을 만한 소품을 이 시집에서는 여간해서 찾기 어렵다. 그러니 이 시집이 “어떤 절정을 암시하고 있었으므로/나는 내려가는 길을 걱정했다”(「빛의 제국 2」)고 우리는 말할 수 있겠다. 그 “어떤 절정”에서 그가 꿈꾸고 있는 다음 기획과 실천을 기대하면서 나는 그에게 이제 “11월은 당신의 기억 속에 영원할 것이네”(「기차는 여덟시에 떠나네」)라고 옮겨 말한다. 그 설레고 설렌다는 첫 시집이 나온 때니 말이다.

권혁웅 시인
1967년 충북 충주에서 태어나 고려대 국문과 및 동 대학원을 졸업했다.
1996년《중앙일보》신춘문예(평론),
1997년《문예중앙》신인문학상(시)으로 등단했으며,
2000년 제6회 현대시동인상을 받았다.
평론집『시적 언어의 기하학』(2001),『미래파―새로운 시와 시인을 위하여』(2005)
시집『마징가 계보학』(2005), 신화 연구서『태초에 사랑이 있었다』(2005)
연구서『한국 현대시의 시작 방법 연구』(2001) 등이 있다.

황금나무 아래서
권혁웅 시집

초판 1쇄 발행일 2001년 11월 9일
3쇄 발행일 2006년 1월 16일

지은이 · 권혁웅
펴낸이 · 김종해
펴낸곳 · 문학세계사
주소 · 서울시 마포구 신수동 345-5(121-110)
대표전화 · 702-1800 | 팩시밀리 · 702-0084
이메일 · mail@msp21.co.kr
홈페이지 · www.msp21.co.kr(문학세계사)
www.seein.co.kr(계간 시인세계)
출판등록 · 제21-108호(1979.5.16)

값 5,000원
ISBN 89-7075-242-0   03810
ⓒ권혁웅, 2001